# ANTON TCHÉKHOV



# *A corista & outras histórias*

www.lpm.com.br

L&PM POCKET

COLEÇÃO 96 PÁGINAS

Coleção **L&PM** POCKET, vol.

Texto de acordo com a nova ortografia.

Os contos deste livro foram publicados na Coleção **L&PM** POCKET nos livros *Um homem extraordinário e outras histórias* (v. 645), *A dama do cachorrinho e outras histórias* (v. 749) e *Um negócio fracassado e outros contos de humor* (v. 856)

Esta edição na Coleção **L&PM** POCKET: abril de 2025

*Tradução*: Os contos "A palerma", "O gordo e o magro", "Ele brigou com a esposa", "A carteira", "A corista", "A dama do cachorrinho", "A noiva", foram traduzidos por Maria Aparecida Botelho Pereira Soares

Os contos "Trapaceiros à força – historinha de Ano-Novo", "Desgraça alheia", "História desagradável", "Um homem extraordinário", foram traduzido por Tatiana Belinky

*Capa*: Ivan Pinheiro Machado. *Ilustração*: *Le café-concert des Ambassadeurs* (1877), por Edgar Degas (1837-1917). Pastel, 37cm x 27cm, Musée des Beaux Arts, Lyon.

*Revisão*: L&PM Editores

CIP-Brasil. Catalogação na publicação
Sindicato Nacional dos Editores de Livros, RJ

T244c

Tchékhov, Anton, 1860-1904

A corista & outras histórias / Anton Tchékhov ; tradução Maria Aparecida Botelho Pereira Soares, Tatiana Belinky. - 1. ed. - Porto Alegre [RS]: L&PM, 2025.

96 p. ; 18 cm. (96 páginas)

Tradução de: Танцоркай і іншыя апавяданні

ISBN 978-65-5666-554-2

1. Contos russos. I. Soares, Maria Aparecida Botelho, Pereira. II. Belinky, Tatiana, 1919-2013. III. Título. IV. Série.

25-96264 CDD: 891.73
CDU: 82-34(470+571)

Meri Gleice Rodrigues de Souza - Bibliotecária - CRB-7/6439



Rua Comendador Coruja, 314, loja 9 – Floresta – 90.220-180
Porto Alegre – RS – Brasil / Fone: 51.3225.5777

Pedidos & Depto. comercial: vendas@lpm.com.br
Fale conosco: info@lpm.com.br
www.lpm.com.br

Impresso no Brasil
Outono de 2025

# Sumário

# A palerma

Dias atrás mandei chamar a governanta dos meus filhos, Iúlia Vassílievna, ao meu gabinete. Precisávamos acertar as contas.

– Sente-se, Iúlia Vassílievna! – eu disse. – Vamos acertar nossas contas. A senhora provavelmente necessita de dinheiro, mas tem cerimônia demais para pedir... Vamos lá... Nós combinamos trinta rublos por mês...

– Quarenta...

– Não, trinta... Eu tenho aqui escrito... Eu sempre paguei trinta para as governantas... Então, a senhora ficou aqui dois meses...

– Dois meses e cinco dias...

– Dois meses exatos... Eu tenho aqui anotado. Portanto, a senhora tem a receber sessenta rublos... Temos que descontar nove domingos... pois a senhora não estudou com Kólia nos domingos, somente passearam... e houve ainda três feriados...

Iúlia Vassílievna ficou vermelha e começou a repuxar os babadinhos de sua roupa, mas não disse uma só palavra...

– Três feriados... Consequentemente, vamos tirar doze rublos... Durante quatro dias Kólia ficou doente e não teve aulas... A senhora estudou só com Vária... Três dias a senhora teve dor de dente e minha esposa permitiu que a senhora não desse aula depois do almoço... Doze mais sete – dezenove. Subtraindo, restam... hum... 41 rublos. Certo?

O olho esquerdo de Iúlia Vassílievna ficou vermelho e cheio d'água. Seu queixo tremeu. Ela deu uma tossida nervosa, assoou o nariz, mas – nem uma palavra!

– Na véspera de ano-novo a senhora quebrou uma xícara de chá e um pires. Vamos tirar dois rublos... A xícara custa mais do que isso, era herança de família, mas... deixa pra lá! Não vamos fazer questão disso! Adiante: devido à sua falta de atenção, Kólia subiu numa árvore e rasgou seu casaquinho. Vamos tirar dez... A arrumadeira, também devido à sua falta de atenção, roubou umas botinas de Vária. A senhora deveria cuidar de tudo. É para isso que recebe salário. Então, vamos tirar mais cinco... No dia sete de janeiro a senhora pegou adiantado comigo dez rublos...

– Eu não peguei! – sussurrou Iúlia Vassílievna.

– Mas eu tenho aqui anotado!

– Então, está bem... Que seja.

– De 41 vamos subtrair 27 – restam catorze.

Os dois olhos de Iúlia Vassílievna encheram-se de lágrimas... No seu belo e alongado narizinho apareceram gotas de suor. Pobre menina!

– Eu só peguei uma vez – disse ela com voz trêmula. – Peguei com a sua esposa três rublos... Não peguei mais...

– É mesmo? Ora, isso não está anotado! Tirando três de catorze, sobram onze... Aqui está o seu dinheiro, caríssima! Três... três... três... um... um... Tenha a bondade de receber!

E lhe entreguei onze rublos... Ela pegou o dinheiro e com os dedinhos tremendo meteu-o no bolso.

– *Merci* – sussurrou ela.

Levantei-me de um salto e comecei a caminhar pelo gabinete. Estava indignado.

– *Merci* por quê? – perguntei.

– Pelo dinheiro...

– Mas eu a roubei, com os diabos, eu a assaltei! Acabei de roubá-la! Por que *merci*?

– Nos outros lugares eles não pagavam nada...

– Não pagavam? Então não é de se estranhar! Eu estava brincando com a senhora, estava lhe dando uma lição cruel... Vou lhe pagar todos os oitenta rublos! Estão aqui preparados, neste envelope! Mas é possível ser assim tão pateta? Por que a senhora não protesta? Por que fica calada? Será que neste mundo é possível não ser atrevido? É possível ser tão palerma?

Ela deu um sorriso azedo e eu li no seu rosto: "É possível!".

Pedi desculpas pela cruel lição e, para sua grande surpresa, entreguei-lhe todos os oitenta rublos. Ela disse um *merci* tímido e saiu... Fiquei olhando quando ela se afastava e pensei: "Como é fácil ser poderoso neste mundo!".

*19 de fevereiro de 1883*

# O gordo e o magro

Na estação ferroviária de Nikoláievski dois amigos se encontraram: um era gordo, o outro era magro. O gordo tinha acabado de almoçar na estação, e seus lábios, cobertos de gordura, estavam lustrosos como ameixas maduras. Ele exalava um aroma de xerez e de flores de laranjeira. O magro tinha acabado de descer do vagão e estava carregado de malas, trouxas e caixas. Ele cheirava a presunto e borra de café. Atrás dele podia-se ver uma mulher alta, magra, com um queixo comprido – era sua esposa –, e também um aluno do ginásio, alto, com um olho semicerrado – seu filho.

– Porfíri! – exclamou o gordo ao ver o magro. – Mas é você? Meu querido, há quanto tempo!

– Meu Deus do céu! – espantou-se o magro. – Micha! Meu amigo de infância! Como foi que você brotou aqui?

Os amigos se beijaram três vezes e ficaram se olhando, com os olhos cheios de lágrimas. Ambos estavam agradavelmente surpresos.

– Ah, meu querido! – começou o magro, depois de se beijarem. – Que encontro inesperado! Mas que surpresa! Olhe para mim! Continua bonitão como sempre! A mesma simpatia e elegância! Mas, veja só você! Meu Deus! E então, como você está? Está rico? Casou? Eu já sou casado, como pode ver... Esta é minha mulher, Luíza, nascida Vanzenbach... luterana... E este é o meu filho, Nafanail, aluno do terceiro ano do ginásio. Este, Nafânia, é meu amigo de infância! Fomos colegas de ginásio!

Nafanail pensou um pouco e tirou o quepe.

– Estudamos juntos no ginásio! – continuou o magro. – Lembra-se de como você era chamado? De

Herostrato*, porque você pôs fogo num livro do colégio com o cigarro, e a mim chamavam de Efialtes**, porque eu gostava de dar queixa dos outros. Hô-hô-hô... Éramos crianças! Não tenha medo, Nafânia! Chegue mais perto dele... E esta é minha esposa, nascida Vanzenbach... luterana.

Nafanail pensou um pouco e se escondeu atrás das costas do pai.

– Então, como vai você, meu amigo? – perguntou o gordo, olhando entusiasmado para o colega. – Onde você trabalha? Conseguiu fazer carreira?

– Eu trabalho, meu querido. Sou assessor colegial há dois anos e já recebi o Estanislau***. O salário é ruim, mas... deixa pra lá! Minha mulher dá aulas de música, e eu faço em casa cigarreiras de madeira. Ótimas cigarreiras! Vendo por um rublo cada. Se alguém compra dez ou mais, dou desconto. Fazemos um biscatinho aqui, outro ali... Servi, sabe, num departamento, e agora fui transferido para cá como chefe de seção, no mesmo departamento... Agora vou trabalhar aqui. E você? Com certeza já é conselheiro de Estado? Hein?

– Não, meu querido, suba um pouco mais – disse o gordo. – Já cheguei a conselheiro secreto... Tenho duas condecorações.

O magro empalideceu de repente, ficou paralisado, mas, em seguida, seu rosto se contorceu em todas as dire-

* Pastor grego que, para ficar célebre, incendiou o templo de Artemisa em Éfeso (N.T.)

** Em 480 a.C. o rei persa Xerxes atacou a Grécia. Efialtes era um pastor grego que, mostrando aos persas um caminho alternativo, traiu o espartano Leônidas, quando este tentava defender o desfiladeiro de Termópilas. Leônidas morreu ali com seus trezentos soldados. (N.T.)

*** Cruz de São Estanislau, condecoração para os funcionários civis que atingiam a oitava classe. (N.T.)

ções num imenso sorriso; parecia que sua cara e seus olhos soltavam faíscas. Ele se curvou, encolheu, ficou mais fino... Suas malas, trouxas e caixas encolheram e enrugaram... O queixo de sua mulher ficou ainda mais comprido; Nafanail fez posição de sentido e abotoou todos os botões do seu uniforme...

– Eu, Excelência... Fico muito feliz, senhor! Um amigo de infância, pode-se dizer, e de repente já é um fidalgo importante! Hi-hi!

– Ah, deixa disso! – disse o gordo franzindo a testa. – Para que esse tom? Somos amigos de infância, para que esse servilismo e essa bajulação?

– Perdão... Não se trata disso, senhor... – disse o magro, dando risadinhas e se encolhendo ainda mais. – A condescendente atenção de Vossa Excelência... é como uma brisa vivificante... Este aqui, Excelência, é meu filho Nafanail... Esta é minha esposa Luíza, luterana, de certo modo...

O gordo quis retrucar alguma coisa, mas no rosto do magro estava estampada tanta reverência, melosidade e azedume respeitoso, que o conselheiro secreto sentiu náuseas. Ele se afastou um pouco e estendeu a mão em despedida.

O magro apertou-lhe três dedos, inclinou todo o tronco e soltou uma risadinha fina, como um chinês: "Hi-hi-hi". A esposa deu um sorrisinho. Nafanail bateu no chão com o salto do sapato e deixou cair o quepe. Os três estavam agradavelmente perplexos.

*1º de outubro de 1883*

# Ele brigou com a esposa

## Fato verídico

— Mas que inferno! Você chega em casa do trabalho, faminto como um cão, e só o diabo sabe como te alimentam! E você ainda não pode reclamar! Se reclama, na mesma hora: choro, lágrimas! Que eu seja excomungado três vezes por ter me casado!

Dito isso, o marido jogou com força a colher no prato, levantou-se de um salto e saiu furioso, batendo a porta. A esposa começou a soluçar, cobriu o rosto com o guardanapo e saiu também. Acabou-se o almoço.

O marido foi para o seu gabinete, atirou-se no divã e enfiou o rosto numa almofada.

"Foi o demônio que te empurrou para casar!", pensou ele. "Que maravilha, a vida de casado! Deus me livre! Mal uma pessoa se casa, já quer suicidar-se!"

Um quarto de hora depois ele ouviu uns passos leves atrás da porta...

"É, é sempre assim... Me ofende, me insulta, e agora fica andando na frente da porta, querendo fazer as pazes... Ora bolas! É mais fácil eu me enforcar do que fazer as pazes!"

A porta se abriu com um leve rangido e não se fechou. Alguém entrou e, com passos leves e tímidos, dirigiu-se ao divã.

"Deixe estar! Pode pedir perdão, suplicar, soluçar... Figa para você! Nem pensar! Pode morrer, que não ouvirá uma palavra minha... Estou dormindo, como vê, e não quero conversa!"

O marido enfiou ainda mais o rosto na almofada e ficou roncando baixinho. Mas os homens são tão fracos quanto as mulheres. Eles amolecem e ficam mansos com facilidade. Ao sentir um corpo quente atrás de suas costas, o marido, por teimosia, moveu-se para mais perto do encosto do divã e encolheu a perna.

"É, agora estamos nos achegando, nos encostando, adulando... Daqui a pouco ela vai dar beijinhos no meu ombro, vai ficar de joelhos. Não suporto esses dengos! Apesar disso, vou ter de perdoá-la. No estado dela, faz mal ficar nervosa. Vou torturá-la um pouquinho, como castigo, depois perdoo..."

Ele ouviu bem perto do ouvido um suspiro profundo. A seguir, um segundo e um terceiro... O marido sentiu no ombro o roçar de uma mãozinha.

"Bom, deixa pra lá! Vou perdoar pela última vez. Chega de torturá-la, coitadinha! Ainda mais que a culpa foi minha! Fiz um barulhão por uma besteira..."

– Está bem... já chega, minha pequena!

O marido esticou o braço para trás e abraçou um corpo quente.

– Eca!!

Ao seu lado estava deitada sua enorme cadela Dianka.

*9 de junho de 1884*

# A carteira

Numa bela manhã, três atores itinerantes, Smirnov, Popov e Balabáikin, caminhavam pelos dormentes da estrada de ferro quando encontraram uma carteira de dinheiro. Para sua grande surpresa e satisfação, eles viram dentro dela vinte notas bancárias, seis bilhetes de loteria premiados convertidos em títulos do tesouro e um cheque de três mil rublos. A primeira coisa que fizeram foi gritar "Hurra!"; depois, sentaram-se num barranco e deram vazão ao entusiasmo.

– Quanto vai dar para cada um? – disse Smirnov, contando o dinheiro. – Céus! Cinco mil quatrocentos e quarenta e cinco rublos! Queridinhos, pode-se morrer com tanto dinheiro!

– Estou feliz, mas não é tanto por mim, e sim por vocês, meus queridos – disse Balabáikin. – Vocês agora não vão passar fome nem andar descalços. Estou feliz pela arte. Antes de qualquer coisa, manos, vou a Moscou, lá vou procurar diretamente Aia e lhe direi: "Faça-me um guarda-roupa completo, irmão...". Não quero mais fazer papel de *paysan**, daqui em diante vou representar janotas e espertalhões. Vou comprar uma cartola e um chapéu claque. Para os janotas, a cartola deve ser cinzenta.

– Agora seria bom beber e comer para festejar – observou o *jeune premier*** Popov. – Afinal, há quase três dias que só comemos pão seco. Agora poderíamos comer alguma coisa especial... Hein?

– É, não seria nada mau, meus queridinhos... – concordou Smirnov. – Temos muito dinheiro e nada para comer, meus preciosos. Popov, filhinho, você é o mais novo

---

* Morador de vilas (do francês *paysan*). (N.A.)

** Ator que interpreta o papel principal de amante, galã. (N.A.)

e o mais leve; pegue um rublo da carteira e vá buscar comida, meu anjinho... Lá longe está a aldeia! Está vendo, atrás daquele morro, uma igreja branca? Não deve ser mais do que cinco verstas... Está vendo? É uma aldeia grande, você vai encontrar de tudo lá... Compre uma garrafa de vodca, uma libra de salame, dois pães e arenque, e nós vamos ficar aqui esperando, meu amiguinho querido...

Popov pegou um rublo e se preparou para a caminhada. Com lágrimas nos olhos, Smirnov o abraçou e o beijou três vezes e lhe deu a bênção, chamando-o de queridinho, anjinho, amiguinho... Balabáikin também o abraçou e lhe jurou amizade eterna, e, depois de toda uma série de demonstrações de afeto das mais sentidas e tocantes, Popov desceu do barranco e tomou a direção da aldeia, que se destacava como traços escuros ao longe.

"Que grande felicidade!", pensava ele enquanto caminhava. "Eu não tinha um tostão, agora estou rico. Vou-me embora para a minha Kostromá, vou reunir uma trupe e construir lá o meu teatro. Apesar de que... hoje em dia, com cinco mil não se constrói nem um galpão decente. Mas, se a carteira toda fosse minha, aí era outra coisa... Eu faria um teatro tão bom, tão bonito, de tirar o chapéu. Para ser sincero, Smirnov e Balabáikin – que espécie de atores eles são? Pura falta de talento, porcos de chapéu, estúpidos... Eles vão esbanjar o dinheiro com besteiras. Já eu faria algo útil pela pátria e ainda me tornaria imortal... Vou fazer o seguinte: vou colocar veneno na vodca. Eles morrem, mas em compensação em Kostromá vai haver um teatro como nunca se viu igual na Rússia. Alguém disse, parece que foi Mac-Mahon*, que os fins justificam os meios, e Mac-Mahon foi um grande homem."

---

* Edme Patrice Maurice Mac-Mahon (1808-1893), militar e político francês, de tendência conservadora. De 1873 a 1879 foi presidente da França. (N.T.)

Enquanto ele caminhava e raciocinava dessa maneira, seus companheiros Smirnov e Balabáikin continuavam sentados e mantinham a seguinte conversação:

– Nosso amigo Popov é um ótimo rapaz – dizia Smirnov com lágrimas nos olhos. – Gosto dele, aprecio profundamente seu talento, sou seu admirador, mas... sabe de uma coisa? Esse dinheiro vai destruí-lo... Ou ele vai gastar tudo em bebida, ou vai fazer negócios ilícitos e vai acabar mal. Ele é tão jovem que ainda é cedo para ter seu próprio dinheiro. É o que eu penso, meu querido, meu amigo do peito...

– É verdade – concordou Balabáikin, dando um beijo em Smirnov. – Para que esse garoto precisa de dinheiro? Quanto a nós dois, é diferente... Temos família, somos pessoas de bem, positivas. Sabe de uma coisa, irmão? Não vamos gastar tempo com conversas e sentimentalismos: vamos acabar com ele!...Então você e eu ficamos com oito mil. Nós o matamos, depois, em Moscou, diremos que ele caiu debaixo do trem. Eu também gosto dele, tenho adoração, mas o interesse da arte deve vir em primeiro lugar. Além do mais, ele não tem talento e é burro como esse dormente.

– Mas o que você está dizendo? – exclamou Smirnov, assustado. – Ele é tão legal, honesto... Embora, por outro lado, para dizer a verdade, meu querido, é um verdadeiro porco, bur-r-ro, intrigante, fofoqueiro, pilantra. Se nós realmente o matarmos, ele mesmo vai nos agradecer, meu caro amigo, meu querido... E, para que ele não fique muito magoado, em Moscou vamos publicar nos jornais um necrológio bem tocante. Será uma atitude de colegas.

Dito e feito... Quando Popov voltou da aldeia com as provisões, os companheiros o abraçaram e beijaram com lágrimas nos olhos, teceram-lhe elogios, disseram que ele era um grande artista. Depois, de repente, o atacaram e mataram. Para esconder os vestígios do crime, colocaram o cadáver sobre os trilhos... Após dividirem entre si o achado, Smirnov e Balabáikin, cheios de tristeza, puseram-se a comer, inteiramente convencidos de que seu crime permaneceria impune... Mas a virtude sempre triunfa e o pecado é castigado. O veneno que Popov havia colocado na garrafa de vodca era daqueles violentos: os amigos não tiveram nem tempo de tomar um segundo gole e já estavam caídos sem vida sobre os dormentes... Uma hora depois, os corvos já estavam voando sobre eles, grasnando.

Moral da história: quando atores com lágrimas nos olhos falam sobre seus queridos colegas, sobre a amizade e "solidariedade" mútua, quando eles te beijam e abraçam, não te animes muito.

*24 de maio de 1885*

# A corista

Certa vez, quando ela era mais jovem, mais bonita e sua voz era mais sonora, na mansarda da casa de veraneio lhe fazia companhia um seu admirador, Nikolai Petróvitch Kolpakov. Estava um calor abafado, insuportável. Kolpakov, que havia acabado de almoçar e de beber uma garrafa inteira de um vinho do Porto muito ruim, estava mal-humorado e indisposto. Ambos entediavam-se e esperavam o calor diminuir para darem um passeio.

De repente, sem que ninguém esperasse, tocaram a sineta da porta da frente. Kolpakov, que estava sem casaco e de sapatos, deu um salto e olhou com ar de interrogação para Pacha.*

– Deve ser o carteiro, ou talvez uma amiga – disse a cantora.

Kolpakov não se sentia embaraçado nem diante das amigas de Pacha nem dos carteiros, mas, por via das dúvidas, juntou suas roupas e foi para o quarto contíguo, enquanto Pacha corria para abrir a porta. Para sua grande surpresa, a pessoa que estava na soleira não era o carteiro nem uma amiga, e sim uma mulher desconhecida, jovem, bonita, vestida como aristocrata e, por todas as aparências, da boa sociedade.

A desconhecida estava pálida e respirava com dificuldade, como se tivesse subido muitos degraus de escada.

– O que a senhora deseja? – perguntou Pacha.

A dama não respondeu de imediato. Avançou um passo, olhou devagar toda a sala, a seguir sentou-se, como se não aguentasse mais ficar de pé – ou porque estivesse cansada, ou porque se sentisse mal; depois passou um bom

* Apelido de alguns nomes começados por Pa, como Parácia, Parasqueva (ou Prascóvia), Pavla (feminino de Pável). (N.T.)

tempo movendo os lábios pálidos, tentando dizer alguma coisa.

– Meu marido está aqui? – perguntou por fim, erguendo para Pacha seus grandes olhos com pálpebras vermelhas de tanto chorar.

– Que marido? – disse Pacha num sussurro. De repente, ela ficou tão assustada que suas mãos e seus pés ficaram gelados. – Que marido? – repetiu, começando a tremer.

– O meu marido... Nikolai Petróvitch Kolpakov.

– N-não, minha senhora... Eu... eu não conheço nenhum marido.

Houve um minuto de silêncio. A desconhecida passou várias vezes o lenço nos lábios pálidos e, para dominar o tremor interno, continha a respiração, enquanto Pacha continuava de pé na sua frente, imóvel, como se estivesse presa no chão, olhando-a com perplexidade e pavor.

– Quer dizer que, pelo que a senhora está dizendo, ele não está aqui? – perguntou a dama, já com voz firme e sorrindo de maneira estranha.

– Eu... eu não sei de quem a senhora está falando.

– A senhora é desprezível, vil, infame... – balbuciou a desconhecida, examinando Pacha com ódio e aversão. – É isso mesmo, a senhora é desprezível. Fico muito feliz de poder finalmente lhe dizer isso.

Pacha sentiu que para essa dama de preto, com olhos raivosos e dedos compridos e alvos, ela causava a impressão de algo baixo, hediondo, e sentiu vergonha de suas bochechas gorduchas e vermelhas, das marcas de varíola no seu nariz e da franjinha na testa, que não ficava para cima de jeito nenhum. Parecia-lhe que, se ela fosse magra, não se empoasse e não tivesse franja, seria possível disfarçar que ela não era uma pessoa decente, e não teria tanto pavor e vergonha de ficar diante de uma dama desconhecida e misteriosa.

– Onde está meu marido? – continuou a dama. – De qualquer modo, se ele está aqui ou não, não me interessa, mas devo lhe dizer que foi descoberto um desfalque e estão procurando Nikolai Petróvitch... Querem prendê-lo. Vejam o que vocês fizeram!

A dama levantou e, em grande desespero, começou a andar pela sala. Pacha ficou olhando para ela sem compreender nada, de tão apavorada que estava.

– Hoje mesmo vão encontrá-lo e prendê-lo – disse a dama com um soluço, e nesse som havia uma nota de insulto e irritação. – Eu sei quem o levou a esse horror! Miserável, ordinária! Criatura nojenta e venal! (Os lábios da senhora se contorceram e seu nariz se enrugou de nojo.) Estou impotente... Escute, mulher desprezível!... Estou impotente, a senhora é mais forte do que eu, mas existe alguém que vai olhar por mim e por meus filhos! Deus tudo vê! Ele é justo! Ele vai cobrar da senhora cada uma das minhas lágrimas, cada uma das noites que passei sem dormir! Vai chegar esse dia, a senhora há de se lembrar de mim!

Fez-se novamente silêncio. A dama andava pela sala contorcendo as mãos, e Pacha continuava a olhar para ela, perplexa, sem entender nada e esperando algo terrível da mulher.

– Madame, eu não sei de nada! – pronunciou Pacha e pôs-se de repente a chorar.

– Está mentindo! – gritou a senhora, lançando-lhe um olhar cheio de ódio. – Eu sei de tudo! Eu a conheço há muito tempo! Sei que neste último mês ele esteve na sua casa todos os dias!

– Sim, e daí? Que conclusão se pode tirar disso? Eu recebo muitas visitas, mas não obrigo ninguém a ficar aqui. Cada um é livre para fazer o que quiser.

– Já lhe disse: foi descoberto um desfalque! Ele gastou dinheiro alheio lá onde ele trabalha! Por uma mulher... como a senhora, ele foi capaz de cometer um crime. Escute aqui – disse a dama num tom resoluto, parando diante de Pacha –, a senhora não deve ter princípios, vive apenas para fazer mal aos outros, é isso que a senhora busca, mas é impossível acreditar que a senhora tenha descido tão baixo que não tenha sobrado nem um vestígio de humanidade! Ele tem esposa, filhos... Se for julgado e enviado para os trabalhos forçados, eu e as crianças vamos morrer de fome... Entenda isso! Entretanto, existe um meio de nos salvar, a ele e a nós, da miséria e da vergonha: se eu pagar hoje novecentos rublos, eles o deixarão em paz. Somente novecentos rublos.

– Quais novecentos rublos? – perguntou Pacha baixinho. – Eu... eu não sei de nada... Eu não peguei...

– Não estou lhe pedindo novecentos rublos... Sei que não tem dinheiro. Além do mais, não preciso do seu dinheiro. Estou pedindo outra coisa... Os homens costumam dar objetos de valor a pessoas como a senhora. Devolva-me apenas as joias que meu marido lhe deu!

– Mas, madame, o senhor não me deu nenhuma joia de presente! – disse Pacha com voz esganiçada, começando a entender.

– Então onde está o dinheiro? Ele gastou o dinheiro dele, o meu e o de outras pessoas... Onde foi parar tudo isso? Ouça-me, eu lhe peço! Eu estava irritada e lhe disse muita coisa desagradável, mas peço desculpas. A senhora deve estar me odiando, eu sei disso, mas se for capaz de ter compaixão, tente se colocar no meu lugar! Eu lhe imploro, devolva-me as coisas!

– Hmm... – disse Pacha, dando de ombros. – Eu lhe daria com prazer, mas, que Deus me castigue se estou mentindo, o senhor não me deu nada. Acredite na minha consciência. Mas a senhora tem razão – disse a cantora meio confusa –, certa vez o senhor me trouxe duas coisinhas. Por favor, eu as entrego, se desejar...

Pacha abriu uma gaveta de seu armário e tirou de

lá uma pulseira dourada oca e um anel fininho com um rubi.

– Por favor! – disse ela, entregando aquelas joias à visitante.

A dama ficou vermelha e seu rosto estremeceu. Estava profundamente ofendida.

– O que a senhora está me dando? – disse ela. – Não estou pedindo esmola, estou pedindo o que não lhe pertence... Aquilo que a senhora, aproveitando-se de sua situação, arrancou do meu marido, aquele homem fraco e infeliz... Quinta-feira, quando a vi com meu marido no cais, a senhora estava cheia de broches e braceletes caros. Portanto, chega de bancar o cordeirinho! Vou lhe dizer pela última vez: a senhora vai ou não me entregar as coisas?

– Deus do céu, como a senhora é esquisita... – disse Pacha, começando a ficar ofendida. – Garanto-lhe que do seu Nikolai Petróvitch eu nunca vi nada além desse bracelete e desse anelzinho. O senhor só me trazia pastéis doces.

– Pastéis doces... – ironizou a desconhecida. – Em casa as crianças não têm o que comer, e aqui: pastéis doces. A senhora decididamente se recusa a devolver as coisas?

Não recebendo resposta, a dama sentou-se e ficou pensativa, olhando fixamente para um ponto.

– Que fazer agora? – pronunciou. – Se não conseguir os novecentos rublos, ele morrerá, e eu e as crianças também morreremos. Devo matar essa ordinária ou me ajoelhar diante dela?

A dama cobriu o rosto com o lenço e começou a soluçar.

– Eu lhe peço! – ouviu-se em meio aos seus soluços. – Foi a senhora que arruinou e destruiu meu marido, salve-o... Dele a senhora não tem pena, mas as crianças... as crianças... Que culpa têm as crianças?

Pacha viu em sua imaginação criancinhas chorando de fome na rua e ela própria começou a soluçar.

– Que posso fazer, madame? – disse ela. – A senhora está dizendo que sou infame e que arruinei Nikolai Petróvitch, mas, perante Deus, eu lhe garanto que não tive nenhum ganho pessoal com ele... No nosso coro, a única que tem um homem rico para sustentá-la é a Mótia*; eu e as demais passamos a pão e água. Nikolai Petróvitch é um senhor culto e delicado, por isso eu o recebo. Não podemos recusar.

– Estou pedindo as coisas! Entregue-me as coisas! Estou chorando... Estou me rebaixando... Fico de joelhos, se quiser! Tudo bem!

Pacha deu um grito de susto e agitou as mãos. Ela sentiu que aquela senhora pálida e bonita, que se expressava com nobreza, como no teatro, poderia realmente ficar de joelhos diante dela, exatamente por orgulho, por ser uma aristocrata, para se fazer de superior e humilhar a corista.

– Está bem, vou lhe entregar as coisas! – disse Pacha num rompante, enxugando os olhos. – Tudo bem! Só que elas não são de Nikolai Petróvitch... Eu ganhei de outros admiradores. Mas, se quiser...

Pacha abriu a gaveta superior da cômoda, tirou de lá um broche com diamantes, um colar de coral, alguns anéis e uma pulseira, e entregou tudo à dama.

– Tome, se quiser, só que do seu marido eu não tirei nenhum proveito. Aceite, fique mais rica! – continuou Pacha, ofendida pela ameaça da senhora de ficar de joelhos. – E se a senhora é nobre... se é a esposa legítima dele, devia segurá-lo ao seu lado. Ora essa! Eu não o chamei, era ele mesmo que vinha...

Através das lágrimas, a dama deu uma olhada nas coisas que a outra lhe oferecia e disse:

– Isso não é tudo... Aí não há nem quinhentos rublos.

Pacha tirou impetuosamente da cômoda mais um relógio de ouro, uma cigarreira e abotoaduras e disse, abrindo os braços:

---

* Apelido do nome Matilda. (N.T.)

– Não me resta mais nada... Procure, se quiser!

A visitante deu um suspiro, com as mãos trêmulas embrulhou tudo num lenço e, sem dizer uma palavra e sem nem mesmo fazer um aceno de cabeça, foi embora.

A porta do quarto contíguo se abriu e entrou Kolpakov. Estava pálido e balançava a cabeça nervosamente, como se tivesse acabado de beber algo muito amargo; havia lágrimas em seus olhos.

– Que coisas o senhor me trouxe? – disse Pacha, avançando na direção dele. – Quando foi isso, posso lhe perguntar?

– Coisas... Que valem... coisas? – disse Kolpakov, balançando a cabeça. – Ó meu Deus! Ela chorou na sua frente, humilhou-se...

– Estou lhe perguntando: que coisas que o senhor me trouxe? – gritou Pacha.

– Meu Deus! Ela, uma senhora decente, altiva, pura... queria até se ajoelhar diante de... diante dessa mulher vulgar! E eu a levei a isso! Eu permiti que isso acontecesse!

Ele pôs as mãos na cabeça e começou a se lamentar:

– Não, nunca me perdoarei por isso! Nunca! Afaste-se de mim... escória! – gritou ele com asco, distanciando-se de Pacha e impedindo com as mãos trêmulas que ela chegasse perto dele. – Ela queria se ajoelhar, e diante de... quem? De você! Ó meu Deus!

Ele se vestiu rapidamente e, desviando-se com nojo de Pacha, rumou para a porta e foi embora.

Pacha se deitou na cama, chorando alto. Lamentava já as coisas que, num ímpeto, ela entregara, e se sentia ultrajada. Lembrou-se de que, três anos antes, um comerciante tinha batido nela sem mais nem menos. E começou a chorar mais alto ainda.

*Julho de 1886*

# A dama do cachorrinho

## I

Comentava-se que na avenida à beira-mar tinha surgido uma cara nova: uma dama com um cachorrinho. Dmítri Dmítritch Gúrov, que estava em Ialta havia duas semanas e já se acostumara ao lugar, começou também a se interessar por gente nova. Sentado no pavilhão do *Vernais*, viu passar pela calçada da praia uma jovem senhora, loura, baixa, de boina; atrás dela corria um lulu da Pomerânia branco.

Depois ele a encontrou no jardim municipal e na praça várias vezes ao dia. Ela passeava sozinha, sempre com a mesma boina e o lulu branco; ninguém sabia quem ela era e a chamavam simplesmente de "a dama do cachorrinho".

"Se ela está aqui sem marido e sem conhecidos", pensava Gúrov, "não seria demais conhecê-la."

Ele ainda não completara quarenta anos, tinha uma filha de doze e dois filhos no ginásio. Fizeram-no casar cedo, quando ainda estava no segundo ano da faculdade, e agora sua esposa parecia ter o dobro de sua idade. Ela era uma mulher alta, de sobrancelhas escuras, ereta, importante, sólida e, como ela se autodenominava, pensante. Lia muito, em suas cartas não usava o sinal duro*, chamava o marido de Dimítri, e não Dmítri**, e secretamente ele a considerava uma pessoa medíocre, estreita, sem graça; tinha medo

---

* Sinal duro é uma letra do alfabeto russo que, em final de palavra, havia muito tempo que já não representava nenhum som e, na época de Tchékhov, omiti-lo era indício de avanço intelectual. Essa letra foi abolida na reforma ortográfica de 1918. (N.T.)

** O nome russo é Dmítri, mas a forma Dimítri era considerada mais culta por estar mais próxima do étimo grego Demetrios. (N.T.)

dela e não gostava de ficar em casa. Começara a traí-la há muito tempo; traía com frequência, e talvez por isso quase sempre falava mal das mulheres; e quando na sua presença a conversa girava em torno delas, ele as chamava assim:

– Raça inferior!

Parecia-lhe que o que ele aprendera com experiências amargas lhe dava o direito de chamá-las como quisesse, porém não conseguia passar nem dois dias sem a “raça inferior”. Na companhia dos homens ele se sentia entediado, pouco à vontade, ficava calado e frio; mas, no meio das mulheres, sentia-se livre e sabia o que dizer e como se comportar. Era-lhe fácil até mesmo ficar calado na presença delas. Na sua aparência, no seu caráter, em todo o seu modo de ser havia algo sedutor, imperceptível, que predispunha favoravelmente as mulheres em relação a ele e as atraía.

Sua farta experiência, na realidade uma experiência amarga, há muito lhe ensinara que toda aproximação, que no início traz uma agradável variedade à vida e que promete ser uma aventura leve e divertida, no caso de pessoas da alta sociedade, especialmente os moscovitas, indecisos e lentos na ação, fatalmente se transforma num problema terrivelmente complexo, e no final a situação se torna muito penosa. Porém, a cada novo encontro com uma mulher interessante era como se essa experiência escapasse da memória; dava vontade de viver, e tudo parecia simples e divertido.

E então, uma tarde, aconteceu que ele estava almoçando no jardim, e a dama com a boina aproximou-se devagar para ocupar a mesa vizinha. Sua expressão, a maneira de caminhar, o vestido, o penteado, tudo lhe dizia que ela era da boa sociedade, casada, estava em Ialta pela primeira vez e sozinha, e que se sentia entediada ali... As narrativas sobre a imoralidade dos costumes locais continham muitas inverdades, e ele as desprezava por saber que tais relatos eram criados por pessoas que de bom grado pecariam se soubessem fazê-lo. Mas, quando a dama se sentou à mesa vizinha a três passos dele, vieram à sua lembrança aquelas histórias de conquistas fáceis, de excursões às montanhas, e a atraente ideia de um relacionamento rápido, efêmero, de um romance com uma mulher desconhecida, de quem não se sabe nem nome nem sobrenome, de repente tomou conta dele.

Gúrov chamou carinhosamente o cachorrinho e, quando este se aproximou, fez-lhe um gesto de repreensão com o dedo. O cachorro rosnou; Gúrov tornou a repreendê-lo com o dedo.

A dama lançou-lhe um olhar e imediatamente baixou os olhos.

– Ele não morde – disse corando.

– Posso dar um osso a ele? – perguntou Gúrov e, quando ela balançou a cabeça afirmativamente, perguntou em tom amistoso: – A senhora está em Ialta há muito tempo?

– Uns cinco dias.

– Quanto a mim, já me arrasto aqui faz duas semanas.

Calaram-se por um instante.

– O tempo passa depressa, mas, ao mesmo tempo, isto aqui é um tédio! – disse ela sem olhar para ele.

– Não passa de um hábito dizer que aqui é um tédio – disse ele. – O burguês leva sua vida em algum lugar, em Beliov ou Jizdra*, e não sente tédio, mas quando chega aqui: "Ai, que tédio! Ai, quanta poeira!". Pode-se até pensar que ele veio de Granada.

Ela riu. Depois ambos continuaram a comer em silêncio, como dois desconhecidos. Porém, quando terminaram, puseram-se a caminhar juntos, iniciando uma

* Trata-se de duas pequenas cidades russas. Beliov fica perto de Tula e Jizdra perto de Kaluga. (N.T.)

conversa bem-humorada, leve, de pessoas livres e felizes, para quem não importava para onde ir nem sobre o que falar. Ficaram passeando e fazendo comentários sobre a estranha luminosidade do mar. A água tinha um tom lilás, suave e quente, e por ela se estendia uma faixa dourada de luar. Comentaram que ficava abafado depois de um dia de calor. Gúrov contou que era moscovita, formado em filologia, mas trabalhava num banco. Em certa época se preparou para cantar numa companhia privada de ópera, mas desistiu; tinha duas casas em Moscou... E dela, ele soube que crescera em Petersburgo, mas se casara em S., onde vivia já há dois anos, que ficaria em Ialta cerca de um mês e que talvez o marido viesse se juntar a ela, pois ele também queria descansar. Ela não soube dizer onde seu marido trabalhava – se no governo da província ou no *zemstvo* provincial – e ela mesma achou graça nisso. E Gúrov ainda ficou sabendo que ela se chamava Anna Serguêievna.

Mais tarde, no quarto do hotel, ficou pensando nela e imaginou que na certa eles se encontrariam no dia seguinte. Era o que deveria acontecer. Ao se deitar, passou-lhe pela cabeça que há muito pouco tempo ela ainda era uma colegial, estudava, como agora fazia a sua filha, e lembrou-se de quanto havia de timidez e falta de traquejo no seu riso, na conversa com um desconhecido – essa devia ser a primeira vez na sua vida que ela ficava sozinha numa situação como aquela, com pessoas que a procuravam e olhavam para ela com um único e secreto objetivo, o qual era impossível que ela não adivinhasse. Ele se lembrou de seu pescoço fino e frágil e de seus belos olhos cinzentos.

## II

Passou-se uma semana desde que se conheceram. Era um feriado. Nos quartos estava abafado e, nas ruas, o vendaval levantava poeira, arrancava os chapéus. A sede atormentou durante todo o dia; Gúrov volta e meia ia ao pavilhão e oferecia a Anna Serguêievna ora água gasosa com xarope, ora sorvete. Não havia onde se refugiar.

À tardinha, quando o vento amainou um pouco, eles foram para o cais ver a chegada do vapor. No embarcadouro, muitas pessoas passeavam; estavam ali à espera de alguém e carregavam flores. Naquele lugar, nitidamente chamavam a atenção duas características da elegante multidão ialtense: as senhoras maduras vestiam-se como as jovens e havia muitos generais.

Devido à agitação do mar, o vapor chegou tarde, quando o sol já se havia posto, e, antes de atracar, ficou muito tempo virando-se. Anna Serguêievna olhava através do *lorgnon* para o vapor e para os passageiros como a procurar algum conhecido, e seus olhos brilhavam quando se dirigia a Gúrov. Falava muito, suas perguntas eram entrecortadas, ela mesma logo se esquecia do que havia perguntado. Mais tarde perdeu seu *lorgnon* no meio da aglomeração.

A multidão bem-vestida se dispersou, os rostos já não eram visíveis, o vento cessou totalmente, mas Gúrov e Anna Serguêievna continuavam parados, como se esperassem para ver se não sairia mais alguém do vapor. Anna Serguêievna já não falava e cheirava as flores, sem olhar para Gúrov.

– O tempo à noite melhorou – disse ele. – Aonde vamos agora? Que acha de irmos a algum lugar?

Ela não respondeu.

Então ele a olhou fixamente, abraçou-a de repente e lhe deu um beijo na boca, envolvido pelo aroma e pela umidade das flores, mas logo depois olhou em volta assustado: não teria alguém visto?

– Vamos para o seu quarto... – disse ele baixinho.

E ambos partiram apressados.

O quarto dela estava abafado e havia cheiro dos perfumes que ela comprara numa loja japonesa. Vendo-a naquele momento, Gúrov pensava: "Que encontros não acontecem na vida!". Do seu passado ele guardava a lembrança de mulheres despreocupadas, afáveis, contentes pelo amor, gratas a ele pela felicidade – embora muito curta – e também a de outras, como sua esposa, por exemplo, que amavam sem sinceridade, com discursos desnecessários, com afetação, histeria e uma expressão tal, como se aquilo não fosse amor, não fosse paixão, e sim algo mais significativo; e também duas ou três muito belas, frias, em cujo rosto perpassava um ar obstinado de ave de rapina, como se desejassem arrebatar da vida mais do que ela pode dar; tais mulheres já haviam passado da primeira juventude, eram caprichosas, avessas ao raciocínio, autoritárias e burras, e quando Gúrov esfriava em relação a elas, sua beleza começava a despertar ódio nele, e as rendas de sua *lingerie* lembravam-lhe escamas.

Mas, no caso atual, permanecia aquela timidez, a falta de traquejo da juventude inexperiente, a sensação de embaraço; havia um ar de desnorteamento, como se alguém de repente tivesse batido à porta. Anna Serguêievna, a dama do cachorrinho, em relação ao que acontecera reagiu de um modo um tanto especial, com muita seriedade, como se aquilo significasse sua queda – era a impressão que dava, e isso era estranho e descabido. Seu rosto ficou abatido, murcho; seus longos cabelos pendiam dos lados do rosto; ela ficou meditativa, numa pose de desalento, parecia uma pecadora de uma gravura antiga.

– Foi errado – disse ela. – Agora o senhor será o primeiro a não me respeitar.

Havia sobre a mesa uma melancia. Gúrov cortou um pedaço e pôs-se a comer sem pressa. O silêncio durou pelo menos meia hora.

Anna Serguêievna estava comovente e exalava a pureza da mulher decente, ingênua e inexperiente; a vela solitária que ardia sobre a mesa mal iluminava seu rosto, mas era visível que ela estava sofrendo.

– Por que motivo eu deixaria de respeitá-la? – perguntou Gúrov. – Você não sabe o que está dizendo.

– Que Deus me perdoe! – disse ela, e seus olhos encheram-se de lágrimas. – Isto é terrível!

– Parece que você está se justificando.

– Como poderia me justificar? Sou uma mulher ruim, baixa, eu me desprezo e não penso em me justificar. Traí não o meu marido, mas a mim mesma. E não foi somente agora, já o traio há muito tempo. Meu marido talvez seja um homem bom e honrado, mas é um lacaio! Não sei o que ele faz lá, em que trabalha, só sei que é um lacaio. Quando me casei, eu tinha vinte anos, ardia de curiosidade, ansiava por algo melhor. Pois existe, dizia para mim, uma outra vida. Eu queria viver! Viver, viver... A curiosidade me queimava... O senhor não entende isso, mas, juro por Deus, eu já não conseguia me controlar, algo me aconteceu e eu fiquei fora de mim, então disse ao meu marido que estava doente e vim para cá... E, aqui, andava todo o tempo como se estivesse embriagada, como uma louca... e então me tornei uma mulher vulgar, sem valor, que qualquer um pode desprezar.

Gúrov já estava aborrecido de ouvir aquilo; irritava-o o tom ingênuo, o arrependimento tão inesperado e inoportuno; se não fossem as lágrimas em seus olhos, seria possível pensar que ela estava brincando ou representando um papel.

– Não entendo – disse ele baixinho –, o que você quer?

Ela escondeu o rosto no peito dele e ali permaneceu, agarrada a ele.

– Acredite em mim, acredite, eu lhe suplico... – disse ela. – Eu amo uma vida honesta, pura, tenho horror ao pecado, mas eu mesma não sei o que estou fazendo. As pessoas simples dizem: foi tentação do demônio. Eu também posso dizer agora que o demônio me tentou.

– Já chega, já chega... – balbuciou ele.

Olhando-a nos olhos imóveis e assustados, beijou-a, conversou com ela em voz baixa e com carinho, e pouco a pouco ela se acalmou, recuperou a alegria e ambos puseram-se a rir.

Mais tarde saíram. Na avenida à beira-mar não havia ninguém; a cidade, com seus ciprestes, parecia totalmente morta, mas o mar estava barulhento e batia contra a margem; uma barcaça solitária oscilava nas ondas e nela piscava uma lanterna.

Conseguiram encontrar uma charrete e foram para Oreanda.*

– Há pouco, lá em baixo, na portaria, fiquei sabendo seu sobrenome: no quadro está escrito von Dideritz – disse Gúrov. – Seu marido é alemão?

– Não, o avô dele, parece, era alemão, mas ele mesmo é ortodoxo.**

Em Oreanda, sentaram-se num banco perto da igreja e ficaram calados, olhando o mar embaixo. Mal se avistava Ialta através da névoa matutina, e nos cumes das montanhas nuvens brancas pairavam imóveis. A folhagem das árvores estava quieta, cigarras cantavam e o ruído surdo e monótono do mar, vindo de baixo, falava de repouso, do sono eterno que nos espera. Esse barulho já se fazia ouvir ali quando não havia nem Ialta, nem Oreanda; ele se faz ouvir agora e será assim também no futuro, surdo e indiferente, quando nós não mais existirmos. E nessa constância, nessa completa indiferença em relação à vida e à morte de cada um de nós, esconde-se, talvez, a garantia de nossa salvação eterna, do incessante movimento da vida na terra, do seu

---

* Localidade no litoral sul da Crimeia, perto de Ialta, onde havia uma quinta pertencente ao tsar. (N.T.)

** Aqui, ortodoxo tem sentido de russo, pois os russos em sua maioria professavam a religião cristã ortodoxa, ao contrário dos alemães que geralmente eram protestantes ou católicos. (N.T.)

contínuo aperfeiçoamento. Sentado ao lado de uma jovem mulher, que no amanhecer parecia tão bela, tranquilizado e enfeitiçado pela visão desse panorama fantástico – o mar, as montanhas, as nuvens, o amplo céu –, Gúrov pensava que, no fundo, se refletirmos bem, tudo neste mundo é maravilhoso; tudo, exceto aquilo que nós mesmos pensamos e fazemos quando esquecemos das finalidades supremas da existência e da nossa dignidade como homens.

Alguém se aproximou – devia ser um vigia –, olhou para eles e foi embora. Esse detalhe também lhe pareceu misterioso e belo. Via-se a chegada do vapor que vinha de Feodócia*, iluminado pela aurora matutina e já de luzes apagadas.

– Há orvalho sobre a relva – disse Anna Serguêievna, quebrando o silêncio.

– É, já é hora de ir para casa.

Voltaram para a cidade.

Daí em diante, todos os dias eles se encontravam ao meio-dia na avenida à beira-mar, almoçavam juntos, passeavam, admiravam o mar. Ela se queixava de que dormia mal, de que seu coração batia de maneira angustiada, e fazia sempre as mesmas perguntas, preocupada ora pelo ciúme, ora pelo pavor de que ele não a respeitasse o suficiente. E frequentemente, na praça ou no jardim, quando não havia ninguém por perto, ele a puxava para si e a beijava com paixão. O ócio total, os beijos em plena luz do dia, cheios de cautela e do medo de que alguém os pudesse ver, o calor, o cheiro do mar, o perpassar incessante de pessoas bem-vestidas, festivas e bem-alimentadas pareciam havê-lo transformado. Ele dizia a Anna Serguêievna o quanto ela era bonita, sedutora; demonstrava uma paixão impaciente, não saía do seu lado; já ela, ficava muitas vezes pensativa

* Feodócia (nome de mesma origem grega que Teodósia) é um porto no litoral sudeste da Crimeia. (N.T.)

e continuava a lhe pedir que reconhecesse que ele não a respeitava, não a amava nem um pouco e só via nela uma mulher vulgar. Quase todas as noites, mais tarde, eles iam para algum lugar fora da cidade, para Oreanda ou para a cachoeira. E o passeio era sempre um sucesso, as impressões eram invariavelmente maravilhosas, grandiosas.

Aguardavam a vinda do marido, mas chegou uma carta dele na qual comunicava que adoecera da vista e suplicava à esposa que voltasse para casa o mais rápido possível. Anna Serguêievna se apressou em partir.

– É bom que eu vá embora – disse a Gúrov. – Deve ser o destino.

Ela partiu numa carruagem e ele a acompanhou. Viajaram um dia inteiro. Já acomodada no vagão do trem expresso, depois do segundo sinal ela disse:

– Deixe-me olhar mais uma vez para o senhor... Mais uma vez. Assim.

Ela não chorava, mas estava triste, parecia doente, e seu rosto tremia.

– Vou pensar no senhor... Vou me lembrar – dizia. – Fique com Deus. Não pense mal de mim. Estamos nos despedindo para sempre, isso é necessário, pois nunca deveríamos ter nos encontrado. Bem, fique com Deus.

O trem partiu rapidamente, suas luzes logo sumiram, e um minuto depois não havia mais nem um ruído, como se tudo houvesse sido tramado de propósito para interromper rapidamente aquele sonho, aquela loucura. Sozinho na plataforma, olhando a escuridão distante, Gúrov ouvia o cricrilar dos grilos e o zumbido dos fios telegráficos, com a sensação de que acabava de despertar. Veio-lhe à mente que na sua vida acontecera mais uma conquista ou uma aventura, e que também esta havia terminado, restando agora uma recordação... Ele estava emocionado, triste, e sentia um leve remorso: pois aquela jovem, que ele nunca mais veria, não fora feliz na sua companhia.

Ele tinha sido amistoso e gentil com ela; entretanto, no seu modo de tratá-la, no seu tom e nos seus carinhos, como uma sombra transparecia uma leve caçoada, uma arrogância meio rude do homem feliz que, além do mais, tinha o dobro de sua idade. Todo o tempo ela dizia que ele era bondoso, extraordinário, superior; era evidente que ele lhe parecia diferente do que era na realidade; portanto, sem querer ele a enganou...

Ali, na estação, já se sentia o cheiro do outono e à noite começava a fazer um friozinho.

"Está na hora de voltar para o norte" – pensava Gúrov, deixando a plataforma. "Está na hora!"

## III

Em casa, em Moscou, tudo já funcionava como no inverno: acendia-se o fogo nas estufas e, de manhã, quando as crianças se arrumavam para a escola e era servido o chá, ainda estava escuro, e a babá acendia as luzes por pouco tempo. O frio chegara. Quando cai a primeira neve, no primeiro passeio de trenó, é agradável ver o chão e os telhados brancos; a respiração fica leve, agradável, e nesse momento vêm à lembrança os anos de juventude. As velhas tílias e bétulas, brancas de geada, têm uma aparência acolhedora, são mais próximas ao coração do que os ciprestes e palmeiras, e junto a elas já não há vontade de pensar em montanhas e mar.

Gúrov era moscovita e regressou a Moscou num belo dia de inverno. Quando vestiu seu casaco de pele e luvas grossas e saiu para um passeio pela Petrovka*, e quando, mais tarde, no sábado à noite, ouviu o repique dos sinos, sua recente viagem e os lugares onde estivera perderam para ele todo o encanto. Mergulhou aos poucos na vida moscovita,

* Elegante rua no centro de Moscou. (N.T.)

já lia com avidez três jornais diariamente e dizia que, por princípio, não lia jornais de Moscou.

Já tinha vontade de ir aos restaurantes, aos clubes, aos almoços festivos e jubileus, e novamente se sentia lisonjeado por receber em sua casa advogados e artistas famosos e por jogar cartas com um catedrático no clube dos doutores. E já conseguia comer uma porção inteira de caçarola de peixe ou carne, com chucrute...

Gúrov pensava que, passado um mês, Anna Serguêievna ficaria coberta de névoa na sua lembrança e só raramente apareceria em seus sonhos, com seu sorriso comovente, como as outras apareciam. Porém, mais de um mês havia passado, o inverno estava no auge e na sua memória tudo permanecia tão claro como se ele tivesse se separado de Anna Serguêievna apenas na véspera. As recordações avivavam-se cada vez com mais força. Se no silêncio da tarde chegavam ao seu gabinete as vozes das crianças que faziam seus deveres de casa, se ele ouvia uma romança ou o órgão num restaurante ou se a nevasca começava a uivar na chaminé da lareira – de repente tudo ressuscitava na sua memória: o que acontecera no cais, a madrugada na bruma das montanhas, o vapor de Feodócia, os beijos... Ele caminhava muito tempo pelo aposento, recordando, sorrindo; mais tarde, as lembranças se transformavam em sonhos e na sua imaginação o passado se misturava com o que ainda viria. Anna Serguêievna não era um sonho, ela o seguia por toda parte como uma sombra, observando-o. De olhos fechados, ele a via como uma pessoa viva, e ela lhe parecia mais bonita, mais jovem, mais delicada do que na realidade; também ele próprio se via melhor do que fora em Ialta. À noite, lá estava ela na estante de livros, na lareira, no canto do gabinete, olhando-o; ele ouvia sua respiração e o suave farfalhar de sua roupa. Na rua, ele acompanhava as mulheres com o olhar, procurando alguma parecida com ela...

Gúrov já se sentia angustiado e queria compartilhar com alguém suas lembranças, mas em casa era impossível falar do seu amor, e fora de casa não havia com quem. Não haveria de ser com os inquilinos nem no banco. E sobre o que ele poderia falar? Por acaso naquela ocasião ele sentiu amor? Houve, por acaso, alguma coisa bonita, poética, instrutiva ou simplesmente interessante em sua relação com Anna Serguêievna? O único jeito era falar de maneira indeterminada sobre o amor, as mulheres, e ninguém desconfiava da verdade. Apenas sua esposa levantava as sobrancelhas escuras e dizia:

– O papel de fátuo não combina nem um pouco com você, Dimítri.

Certa vez, à noite, saindo do clube dos doutores na companhia de um funcionário público, seu parceiro no jogo, ele não se conteve e disse:

– Se o senhor tivesse ideia da mulher fascinante que conheci em Ialta!

O funcionário sentou-se no trenó e partiu, mas de repente virou-se e gritou:

– Dmítri Dmítritch!

– O quê?

– O senhor estava certo hoje cedo. O esturjão estava estragado.

De repente, essas palavras, tão comuns, por algum motivo deixaram Gúrov indignado e lhe pareceram humilhantes, impuras. Que costumes selvagens, que caras! Que noites sem sentido, que dias desinteressantes, sem nada de importante! Frenéticos jogos de cartas, comilança, bebedeira, conversas sempre sobre o mesmo assunto. Essas atividades inúteis e as discussões consumiam as melhores parcelas do tempo, as melhores forças, e, no final, restava uma vida limitada, prosaica, uma idiotice, mas sair dela, fugir, era impossível, como se a pessoa estivesse trancada num hospício ou numa penitenciária!

Gúrov não dormiu aquela noite, indignado, e depois passou o dia inteiro com dor de cabeça. Nas noites seguintes também dormiu mal, ficava sentado o tempo todo na cama, pensando, ou caminhava de um lado para o outro. As crianças o entediavam, o banco também, não queria ir a lugar nenhum nem conversar sobre nada.

Em dezembro, nos feriados, ele se preparou para viajar. Disse à mulher que ia a Petersburgo resolver um assunto para um rapaz e foi para S. Para quê? Ele mesmo não sabia bem. Queria ver Anna Serguêievna, falar com ela, marcar um encontro, se possível.

Chegou a S. pela manhã e ocupou o melhor quarto do hotel. O chão era forrado de lã cinzenta grosseira, igual à dos casacões dos soldados; sobre a mesa havia um tinteiro coberto de pó, com um cavaleiro de braço levantado, segurando uma espada e sem cabeça. O porteiro do hotel lhe deu as informações necessárias: von Dideritz morava na rua Staro-Gontchárnaia, em casa própria, perto do hotel. Vivia bem, era rico, tinha carruagem, todos o conheciam na cidade. O porteiro pronunciava Drídéritz.

Gúrov caminhou sem pressa para a rua Staro-Gontchárnaia, procurando a casa. Exatamente na frente dela havia uma longa cerca cinzenta com pregos.

"Qualquer um fugiria dessa cerca" – pensou Gúrov, olhando ora para as janelas, ora para a cerca. E refletia: "Hoje é feriado e o marido provavelmente está em casa. E, de qualquer modo, seria falta de tato entrar na casa e causar um constrangimento. Se eu enviar um bilhete, ele pode cair nas mãos do marido, estragando tudo. O melhor é confiar no acaso." E continuou a caminhar pela rua, perto da casa, esperando por esse acaso... Viu um mendigo entrar no portão e os cachorros o atacarem. Uma hora depois, ouviu um piano, e os sons chegaram até ele fracos, confusos. Provavelmente era Anna Serguêievna quem tocava. De repente, a porta principal se abriu e por ela saiu uma velha; atrás dela corria o lulu branco, seu conhecido. Gúrov quis chamar o cãozinho, mas seu coração disparou e, com a emoção, não conseguiu lembrar o nome do cachorro.

Continuou a caminhar, odiando cada vez mais a cerca cinzenta e, irritado, já pensava que Anna Serguêievna o esquecera, que talvez ela já estivesse se divertindo com outro, o que era perfeitamente natural na situação de uma mulher jovem que era obrigada a ver aquela maldita cerca da manhã à noite. Regressou ao seu quarto de hotel e ficou sentado no divã durante muito tempo, sem saber o que fazer; depois almoçou e em seguida dormiu longamente.

"Como tudo isso é tolo e agitado!" – pensava ele, ao acordar, vendo as janelas escuras: já era noite. "Aí está, dormi demais. E agora, o que vou fazer à noite?"

Ficou sentado na cama forrada com um cobertor cinzento barato, como os de hospital, e se recriminava, aborrecido: "Aí está sua dama do cachorrinho... Aí está sua aventura... Agora fique aqui sentado!"

Naquela mesma manhã, na estação, ele notara um cartaz com letras enormes: pela primeira vez na cidade seria apresentada *A gueixa.** Lembrou-se disso e rumou para o teatro. "É muito provável que ela vá às estreias" – pensou.

O teatro estava lotado. Ali, como em geral em todos os teatros de província, uma névoa subia acima do lustre e havia muito ruído e agitação na galeria. Na primeira fila, antes do início do espetáculo, os janotas locais esperavam de pé, com as mãos nas costas; no camarote do governador, na cadeira da frente, estava sentada sua filha, de boá; já ele próprio se escondera discretamente atrás da cortina e só eram visíveis suas mãos. No palco a cortina balançava, a orquestra afinava demoradamente os instrumentos. Gúrov o tempo todo procurava avidamente com os olhos, enquanto o público entrava e ocupava seus lugares.

---

* Opereta do compositor inglês Sidney Jones (1861-1946), autor popular no final do século XIX e início do século XX. (N.T.)

Entrou também Anna Serguêievna. Sentou-se na terceira fila, e quando Gúrov olhou para ela sentiu um aperto no coração, compreendendo claramente que, para ele, naquele momento não existia no mundo ninguém mais próximo, caro e importante. Perdida na multidão provinciana, aquela pequena mulher, sem nada de especial, com um *lorgnon* vulgar na mão, enchia agora toda a sua vida, era a sua dor, a sua alegria, a única felicidade que ele desejava para si; e, ao som de uma orquestra ruim, de violinos maltocados e simplórios, ele pensava em como ela era bonita. Pensava e sonhava.

Junto com Anna Serguêievna, entrou e sentou-se um homem jovem com pequenas suíças, muito alto e meio curvado; a cada passo ele baixava a cabeça, dando a impressão de estar constantemente fazendo reverências. Era com certeza o marido, que, num acesso de amargura, em Ialta, ela chamara de lacaio. De fato, na sua figura esguia, nas suíças, na pequena calva, havia um quê de discrição de lacaio; ele sorria com doçura e em sua lapela brilhava um distintivo de alguma sociedade científica que lembrava uma plaquinha com número de lacaio.

No primeiro intervalo, o marido saiu para fumar e Anna permaneceu na poltrona. Gúrov, que também estava na plateia, aproximou-se dela e disse com voz trêmula, sorrindo forçado:

– Boa noite.

Ela olhou para ele e empalideceu, depois olhou novamente com pavor, sem crer nos seus olhos, e apertou nas mãos o leque junto com o *lorgnon*, aparentemente lutando consigo mesma para não desmaiar. Ficaram calados: ela, sentada; ele, de pé, assustado com o constrangimento dela e sem coragem de se sentar ao seu lado. Soaram as afinações dos violinos e das flautas; de repente os dois ficaram apavorados, pois parecia que de todos os camarotes olhavam para eles. Ela se levantou bruscamente e caminhou depressa para a saída; ele a seguiu e eles foram andando sem saber para onde, pelos corredores, pelas escadas, ora subindo, ora descendo, e na sua frente perpassavam uniformes de funcionários do judiciário, de professores de escolas, de servidores do *udel**, todos com distintivos; vislumbravam--se rapidamente senhoras andando, casacos de pele pendurados nos cabides, e soprava um vento encanado que espalhava o cheiro de tabaco das pontas de cigarros. Gúrov, com o coração batendo apressado, pensava: "Ó Deus, para que essas pessoas, essa orquestra...".

Nesse momento, de repente ele se lembrou que naquela noite, na estação, ao se despedir de Anna Serguêievna, ele dissera a si mesmo que tudo estava terminado e que eles não se veriam mais. Mas como ainda estava distante o fim!

Numa escada estreita, sombria, onde estava escrito "Entrada para o anfiteatro", ela parou.

– Que susto o senhor me deu! – disse ela ofegante, ainda pálida e aturdida. – Ai, como me assustou! Estou quase morta. Para que veio aqui? Para quê?

– Me entenda, Anna, me entenda... – disse ele rápido e em voz baixa. – Eu lhe imploro, me entenda...

Ela olhava para ele com terror, com súplica, com amor, olhava fixamente para gravar com firmeza na memória o seu rosto.

– Eu sofro tanto! – continuou ela, sem ouvi-lo. – Todo o tempo só penso no senhor, minha vida é pensar no senhor. E só o que eu queria era esquecer, apenas esquecer. Mas por que, por que o senhor veio?

Num patamar acima deles, dois alunos do ginásio fumavam e olhavam para baixo, mas Gúrov não se importou, puxou Anna Serguêievna para si e começou a beijar seu rosto, suas mãos.

---

* Órgão que administrava as propriedades rurais do tsar na Rússia pré-revolucionária. (N.T.)

– Que está fazendo, que está fazendo! – dizia ela aterrorizada, afastando-o de si. – Nós dois enlouquecemos. Parta hoje mesmo, parta agora... Eu lhe suplico, por todos os santos, eu lhe imploro... Vem vindo gente!

Alguém vinha subindo a escada.

– O senhor deve ir embora... – sussurrou Anna Serguêievna. – Está ouvindo, Dmítri Dmítritch? Vou me encontrar com o senhor em Moscou. Eu nunca fui feliz, sou infeliz agora, e nunca, nunca serei feliz, nunca! Não me faça sofrer ainda mais! Juro que vou a Moscou. Mas agora vamos nos separar. Meu querido, meu bom amigo, meu amor, vamos nos separar!

Ela apertou a mão dele e desceu rapidamente a escada, voltando-se o tempo todo para olhá-lo, e nos seus olhos via-se que realmente ela não era feliz... Gúrov ficou ali de pé por algum tempo, de ouvido atento, depois, quando tudo silenciou, pegou seu casaco e saiu do teatro.

## IV

Anna Serguêievna passou a encontrá-lo em Moscou. Uma vez a cada dois ou três meses, ela partia de S. e dizia ao marido que ia consultar um professor por causa de um problema ginecológico – o marido acreditava e não acreditava. Em Moscou, ela se hospedava no Slaviánski Bazar* e imediatamente enviava a Gúrov um mensageiro. Gúrov ia vê-la e ninguém em Moscou sabia disso.

Ele caminhava ao encontro dela no hotel, em certa manhã de inverno (o mensageiro estivera em sua casa na noite anterior, mas não o encontrara), e com ele ia sua filha, que ele tivera vontade de acompanhar até o ginásio, localizado no caminho. Caía uma neve graúda e úmida.

– Está fazendo três graus acima de zero e mesmo assim está nevando – dizia Gúrov à filha. – É porque está

* Hotel que havia no centro de Moscou. (N.T.)

quente apenas na superfície da terra. Já nas camadas mais altas da atmosfera a temperatura é completamente diferente.

– Papai, por que não há trovões no inverno?

Ele explicou isso também. Enquanto falava, ele pensava que estava indo para um encontro e que ninguém sabia disso, e provavelmente ninguém jamais saberia. Ele tinha duas vidas: uma evidente, que aqueles que achavam isso importante viam e conheciam, uma vida cheia de verdades convencionais e de mentiras convencionais, exatamente igual à vida de seus conhecidos e amigos; e outra vida que transcorria em segredo. Por uma estranha e talvez fortuita coincidência, tudo o que para ele era relevante, interessante, indispensável, aquilo em que ele era sincero e não enganava a si mesmo, que constituía o âmago de sua vida, não era do conhecimento das outras pessoas, e tudo o que era sua mentira, sua casca, na qual ele se escondia para encobrir a verdade, como, por exemplo, seu trabalho no banco, as discussões no clube, sua "raça inferior", o comparecimento com a esposa aos jubileus, tudo isso transcorria às claras. E ele julgava os outros por si mesmo, não acreditava no que via, supondo sempre que para cada pessoa, sob o manto do segredo, assim como sob o manto da noite, se passava a sua verdadeira vida, a mais interessante. Cada existência pessoal sustenta-se no segredo, e talvez seja por isso que o homem educado exige tão nervosamente respeito à sua privacidade.

Depois de deixar a filha no ginásio, Gúrov se dirigiu ao Slaviánski Bazar. Ainda na portaria tirou o casaco de pele, subiu e bateu levemente na porta. Anna Serguêievna, com o vestido cinza de que ele mais gostava, cansada da viagem e da espera, aguardava-o desde a noite anterior; estava pálida, olhava para ele sem sorrir e, assim que ele entrou, apertou-se contra o seu peito. Como se tivessem passado uns dois anos sem se ver, seu beijo foi longo, demorado.

– Então, como vai a vida lá? – perguntou ele. – Quais as novidades?

– Espere, já vou dizer... Não consigo.

Ela não conseguia falar porque estava chorando. Ficou de costas para ele e cobriu os olhos com o lenço. "Bem, que chore um pouco, enquanto isso vou me sentar" – pensou ele, acomodando-se na poltrona.

Depois tocou a sineta e pediu que trouxessem chá; e enquanto ele bebia o chá, ela continuava de pé, voltada para a janela... Ela chorava porque sentia angústia e também porque tinha a amarga consciência do rumo triste que suas vidas haviam tomado; eles se viam apenas às escondidas, ocultavam-se dos demais como se fossem ladrões! Por acaso as suas vidas não estavam destruídas?

– Ora, vamos, pare de chorar! – disse ele.

Estava evidente para ele que aquele amor não terminaria tão cedo, mas quando, isso era impossível saber. Anna Serguêievna apegava-se a ele cada vez mais, adorava-o, e seria inconcebível dizer a ela que aquilo algum dia deveria ter um fim; e ela nem acreditaria nisso.

Ele se aproximou e pôs as mãos nos seus ombros, para fazer um carinho, um gracejo, e nesse momento viu-se no espelho.

Seus cabelos já começavam a ficar grisalhos. Ele achou estranho que tivesse envelhecido tanto ultimamente e que estivesse com tão má aparência. Os ombros em que descansavam suas mãos estavam quentes e tremiam. Sentiu compaixão por essa vida que ainda tinha calor e beleza, mas que provavelmente já estava próxima de começar a perder a cor e a murchar, do mesmo modo que a vida dele. Por que ela o amava daquela maneira? Ele sempre parecera às mulheres ser outra pessoa, diferente do que era na realidade, e elas amavam não a ele, mas a alguém que sua imaginação havia criado, a alguém que elas procuravam ansiosamente em suas vidas. E, mais tarde, quando percebiam seu engano, ainda continuavam a amá-lo. E nenhuma fora feliz com ele. O tempo passava, ele conhecia outra mulher, começava uma nova relação, depois se afastava, mas não amou nem uma vez; chame-se aquilo como se quiser, apenas não era amor. E somente agora, quando sua cabeça já estava ficando grisalha, ele começou a amar de verdade, como deveria – e pela primeira vez em sua vida.

Anna Serguêievna e Gúrov amavam-se como duas pessoas muito íntimas, como marido e mulher, como ternos amigos; parecia-lhes que o próprio destino escolhera um para o outro, e não entendiam por que ele tinha uma esposa e ela um marido; era como se eles fossem duas aves migratórias, macho e fêmea, que foram capturadas e obrigadas a viver em gaiolas separadas. Eles perdoaram um ao outro aquilo de que se envergonhavam no seu passado, perdoaram tudo do presente e sentiam que seu amor havia transformado a ambos.

Antes, nos momentos tristes, ele se tranquilizava com todo tipo de racionalizações que viessem à sua cabeça, mas agora ele não queria ser racional, pois a compaixão que sentia era profunda e ele queria ser sincero, carinhoso.

– Pare de chorar, minha querida – dizia ele –, chorou um pouco, já chega... Agora vamos conversar, pensar em alguma coisa...

Eles ficaram longamente trocando conselhos, falaram de como se livrar da necessidade de se esconder, de enganar, de viver em cidades diferentes, de ficar muito tempo sem se ver. Como se livrar dessas cadeias insuportáveis?

– Como? Como? – perguntava ele com as mãos na cabeça. – Como?

E parecia que, mais um pouquinho, a solução seria encontrada, e então uma nova vida começaria, uma vida maravilhosa; porém, para ambos estava claro que ainda estava muito longe o fim e que o mais complicado e difícil estava apenas começando.

*Dezembro de 1899*

# A noiva

## I

Já eram umas dez horas da noite, e sobre o jardim brilhava a lua cheia. Pouco antes, na casa dos Chúmin, terminara o ofício das vésperas que a avó Marfa Mikháilovna havia encomendado, e agora Nádia, que saíra ao jardim por alguns instantes, podia ver a mesa na sala ser arrumada para a ceia, e também sua avó, que andava de um lado para o outro no seu suntuoso vestido de seda; o padre Andrei, arcipreste da catedral, conversava com a mãe de Nádia, Nina Ivânovna, que, naquele momento, vista através da janela, na luz noturna, por alguma razão parecia muito jovem; perto deles, de pé, estava o filho do padre Andrei, Andrei Andrêitch, ouvindo-os atentamente.

O jardim estava silencioso, fresco, e sombras escuras, tranquilas, estendiam-se pela terra. Ao longe, bem distante, talvez fora da cidade, ouvia-se o coaxar das rãs. Tinha-se a sensação de estar em maio, o adorável mês de maio! Respirava-se profundamente e dava vontade de pensar que não aqui, mas sim em outro lugar, sob o céu, acima das árvores, lá longe, fora da cidade, nos campos e bosques, a vida primaveril explodira, misteriosa, rica e sagrada, inacessível à compreensão do homem, esse fraco pecador. E, por alguma razão, dava vontade de chorar.

Nádia tinha já 23 anos; desde os dezesseis ela sonhava ardentemente com o casamento e agora estava noiva de Andrei Andrêitch, o mesmo que estava de pé junto à janela; ele era do seu agrado, o casamento já estava marcado para sete de julho, entretanto ela não estava feliz; dormia mal à noite, a alegria desaparecera...

Através da janela aberta do porão, onde ficava a

cozinha, ouvia-se o barulho das pessoas se apressando, batendo com as facas, empurrando a porta de vai e vem; sentia-se o cheiro de peru assado e de cerejas marinadas. E, por algum motivo, parecia que dali em diante a vida toda seria assim, sem mudanças, sem-fim!

De repente, alguém saiu da casa e ficou parado no patamar da entrada: era Aleksandr Timofêitch ou, simplesmente, Sacha, um hóspede que chegara de Moscou uns dez dias antes. Há muito tempo, a avó costumava receber a visita de uma parenta distante, Mária Petróvna, que vinha em busca de caridade. Era uma aristocrata empobrecida, viúva, pequena, magrinha e enferma. Ela tinha um filho, Sacha. Por alguma razão, dizia-se que ele era um artista maravilhoso e, quando sua mãe morreu, a avó, no intuito de salvar a própria alma, mandou-o para Moscou, para o Educandário Komissárovski. Uns dois anos mais tarde, ele se transferiu para uma escola de pintura, onde ficou cerca de quinze anos e, com muita dificuldade, terminou o curso de arquitetura, a qual nunca praticou, indo trabalhar numa das litografias de Moscou. Quase todo verão ele vinha, geralmente muito doente, para a casa da avó a fim de descansar e engordar.

Ele estava com um casaco abotoado e calças de brim puídas na barra. A camisa não estava passada e ele todo tinha um aspecto um tanto gasto.

Muito magro, de olhos grandes, dedos compridos e finos, barbado, escuro e, mesmo assim, bonito. Ele estava acostumado com os Chúmin como se fossem seus parentes e sentia-se em casa ali. O quarto onde costumava ficar havia muito era chamado de quarto do Sacha.

Do alto da escada ele avistou Nádia e foi ao encontro dela.

– É bom aqui na sua casa – disse ele.

– Claro que é bom. Você deveria ficar aqui até o outono.

– É, ao que parece, vou ter de ficar. Talvez eu fique até setembro.

Ele riu sem motivo e sentou-se ao lado dela.

– Sabe, eu estou aqui sentada, vendo a minha mãe – disse Nádia. – Daqui ela parece tão jovem! Minha mãe, é claro, tem algumas fraquezas – acrescentou ela, depois de uma pausa – mas, apesar de tudo, ela é uma mulher extraordinária.

– É, ela é boa... – concordou Sacha. – Sua mãe, a seu modo, é uma mulher muito boa e agradável, é claro, mas... como vou lhe dizer? Hoje de manhã eu entrei na cozinha de vocês, e lá quatro empregados dormiam diretamente no chão. Não há camas; em vez disso, trapos, mau cheiro, percevejos, baratas... Exatamente como há vinte anos, sem nenhuma mudança. A avó, vá lá, ela, afinal, é velhinha; mas sua mãe, creio que fala francês, toma parte em espetáculos... Acho que poderia entender.

Quando Sacha falava, estendia diante do ouvinte dois dedos compridos e magros.

– Tudo aqui me parece absurdo, pois não estou acostumado – continuou ele. – Ninguém faz nada, sabe-se lá por quê. A mãezinha só faz passear o dia inteiro, como se fosse alguma duquesa; a vovó também não faz nada, e você, também não. E seu noivo, Andrei Andrêitch, também não faz nada.

Nádia já ouvira isso no ano anterior e, provavelmente, dois anos antes também, e sabia que Sacha não era capaz de pensar de outra maneira, mas o que antes a fazia rir, agora, por alguma razão, a aborreceu.

– Tudo isso é velho e já cansou há muito tempo – disse ela, levantando-se. – Você devia pensar em algo mais novo.

Ele riu e ergueu-se também, e os dois caminharam em direção à casa. Alta, bonita, delgada, agora, ao lado dele, ela tinha um aspecto muito saudável e bem-arrumado; ela percebeu isso e sentiu pena dele, mas, por alguma razão, ficou constrangida.

– Você fala demais – disse ela. – Por exemplo, ainda há pouco você falou sobre o meu Andrei, mas você não o conhece.

– Meu Andrei... Que me importa o seu Andrei! Eu sinto pena é da sua juventude.

Quando entraram na sala, já estavam todos sentados para a ceia: a avó, ou, como a chamavam em casa, a vovozinha, muito gorda, feia, de sobrancelhas grossas e bigodinho. Falava alto, e apenas por sua voz e maneira de se expressar percebia-se que era ela quem mandava na casa; era proprietária de uma ala de lojas no mercado e de uma casa antiga com colunas e jardim, mas todas as manhãs rezava para que Deus a livrasse da ruína e, nesse momento, chorava. Sua nora, mãe de Nádia, Nina Ivânovna, uma loura de cintura muito apertada, de *pince-nez* e com brilhantes em cada dedo. O padre Andrei, velho, magricela, desdentado, com cara de quem vai contar algo muito engraçado; e seu filho, Andrei Andrêitch, noivo de Nádia, saudável e bonito, de cabelos cacheados, parecido com um artista ou um pintor. Os três últimos conversavam sobre hipnotismo.

– Aqui você vai engordar em uma semana – disse a vovó, dirigindo-se a Sacha –, só tem de comer mais. O que você está parecendo! – suspirou ela. – Está horrível! Um filho pródigo é o que você é.

– ...e lá dissipou os bens do seu pai – pronunciou lentamente padre Andrei, com olhos sorridentes –, e o maldito foi pastorear animais irracionais...

– Eu amo meu paizinho – disse Andrei Andrêitch, passando a mão no ombro do pai. – Excelente velho. Bom velho.

Todos se calaram. De repente, Sacha começou a rir e tapou a boca com o guardanapo.

– Quer dizer que a senhora crê no hipnotismo? – perguntou o padre Andrei a Nina Ivânovna.

– Não posso, é claro, afirmar que acredito – respondeu Nina Ivânovna, dando ao seu rosto uma expressão séria, quase severa –, mas devo reconhecer que na natureza há muita coisa misteriosa que nós não compreendemos.

– Concordo plenamente com a senhora, embora deva acrescentar que a fé reduz para nós o campo do mistério.

Foi servido um peru grande e muito gordo. O padre Andrei e Nina Ivânovna continuaram sua conversa. Os brilhantes cintilavam nos dedos de Nina Ivânovna; depois, nos seus olhos brilharam lágrimas: ela ficara emocionada.

– Embora eu não ouse discutir com o senhor – disse ela –, há de concordar que na vida existem muitos enigmas não explicados.

– Nenhum, ouso lhe afirmar.

Depois da ceia, Andrei Andrêitch tocou violino e Nina Ivânovna acompanhou ao piano. Dez anos antes, ele terminara o curso de letras na universidade, mas não trabalhava em nenhum lugar, não tinha ocupação definida, apenas uma vez ou outra participava de concertos beneficentes; na cidade, era chamado de artista.

Andrei Andrêitch tocava; todos ouviam em silêncio. Sobre a mesa, o samovar fervia sem ruído, e somente Sacha tomava chá. Quando o relógio bateu a meia-noite, de repente rebentou uma corda do violino. Todos começaram a rir, a se agitar e se despedir.

Depois de acompanhar o noivo até a porta, Nádia subiu para o seu quarto, no andar de cima, onde vivia com a mãe (a avó ocupava o andar inferior). Lá embaixo, na sala, começaram a apagar as luzes, mas Sacha continuava sentado, tomando chá. Ele sempre tomava chá demoradamente, como um moscovita: uns sete copos de cada vez. Já deitada, durante muito tempo ainda Nádia ouviu a criadagem fazendo sua arrumação e a avó se irritando. Finalmente tudo se aquietou, e somente de vez em quando se ouvia a tosse grave de Sacha em seu quarto no andar de baixo.

## II

Quando Nádia acordou, deviam ser duas horas da madrugada e já começava a clarear.* Ao longe, em algum lugar, o vigia noturno batia sua matraca. Nádia não tinha sono, a cama era macia demais e ela achava incômodo ficar deitada. Como vinha acontecendo todas as noites do mês de maio, Nádia sentou na cama e ficou pensando. Os pensamentos eram os mesmos da noite anterior, sempre iguais, inúteis, obsessivos; ela recordava como Andrei Andrêitch começara a cortejá-la, como a tinha pedido em casamento, e como ela aceitara e depois, aos poucos, passara a valorizar aquele homem inteligente e bondoso. Mas agora, quando faltava menos de um mês para o casamento, sem saber por que ela começou a sentir medo, inquietação, como se alguma coisa indefinida e penosa a esperasse.

"Tac-tac, tac-tac..." – fazia soar preguiçosamente sua matraca o vigia. "Tac-tac..."

Pela janela grande e antiga podia-se ver o jardim, com os arbustos de lilases mais distantes, densamente cobertos de flores, sonolentos e murchos de frio; uma névoa branca, espessa, flutuava em direção aos lilases, querendo encobri-los. Ao longe, nas árvores, gralhas ainda com sono crocitavam.

– Meu Deus, por que está sendo tão difícil para mim? Talvez toda noiva sinta o mesmo antes do casamento. Quem sabe?! Ou será que há aqui influência de Sacha? O fato é

* No verão, na latitude onde está situada a parte europeia da Rússia, a noite é muito curta, escurece tarde e clareia muito cedo. (N.T.)

que Sacha vem falando as mesmas coisas por vários anos seguidos, como se fosse algo decorado, e o que ele diz parece ingênuo e estranho. Então por que, apesar disso, Sacha não me sai da cabeça? Por quê?

Já fazia muito tempo que o vigia tinha parado com suas batidas. Debaixo da janela, no jardim, os pássaros iniciaram sua algazarra; a névoa sumiu, tudo em volta ficou iluminado por uma sorridente luz primaveril. Em pouco tempo todo o jardim, acariciado, aquecido pelo sol, criou vida; gotas de orvalho cintilavam nas folhas, como diamantes, e, naquela manhã, o velho e descuidado jardim parecia jovem e enfeitado.

A vovó já estava acordada. Sacha tossiu com sua voz áspera de baixo. Podia-se ouvir que já estavam servindo o samovar e movimentavam-se cadeiras.

As horas passam devagar. Há muito que Nádia está de pé e já deu um passeio pelo jardim, mas a manhã ainda se arrasta.

Surge Nina Ivânovna segurando um copo de água mineral e com olhos de quem havia chorado. Ela estudava espiritismo, homeopatia, lia muito, gostava de falar sobre suas dúvidas e, para Nádia, parecia que tudo isso encerrava um sentido profundo e misterioso. Ela beijou a mãe e caminhou ao seu lado.

– Por que você chorou, mamãe? – perguntou.

– Ontem, antes de dormir, comecei a ler uma novela em que há a descrição de um velho e sua filha. O velho trabalha em alguma repartição e seu chefe se apaixona pela filha dele. Não terminei ainda de ler, mas há lá um certo trecho em que é difícil conter as lágrimas – disse Nina Ivânovna, tomando um gole de água do copo. – Hoje de manhã me lembrei disso e chorei novamente.

– Todos esses dias eu não tenho sentido nenhuma alegria – disse Nádia depois de um silêncio. – Por que será que não durmo à noite?

– Não sei, meu bem. Eu, quando não consigo dormir à noite, fecho bem os olhos, assim, veja, e fico imaginando Anna Karenina andando, falando, ou então imagino algum fato histórico, do mundo antigo...

Nádia sentiu que sua mãe não a compreendia e nem podia compreender. Sentiu isso pela primeira vez na vida e ficou apavorada. Teve vontade de se esconder e foi para o seu quarto.

Às duas horas, sentaram-se para almoçar. Era quarta-feira, dia de jejum, por isso serviram à avó borche* sem carne e brema** com cacha.***

Para provocar a avó, Sacha comeu sua sopa com carne e também a sem carne. Ele gracejava o tempo todo durante o almoço, mas seus gracejos eram pesados, sempre com fundo moral, e não tinha nenhuma graça quando ele, antes de dizer algo espirituoso, apontava para o alto seus dedos compridos e descarnados, como os de um defunto. E quando vinha à lembrança das pessoas que ele estava muito doente e talvez não durasse muito tempo neste mundo, dava vontade de chorar de pena dele.

Depois do almoço, a vovó foi descansar em seu quarto. Nina Ivânovna tocou um pouco de piano e depois também se retirou.

– Ah, querida Nádia – começou Sacha a sua habitual conversa de depois do almoço –, se você me ouvisse! Se me ouvisse!

Ela estava afundada numa velha poltrona, de olhos fechados, enquanto ele caminhava pela sala.

---

* Sopa de beterraba e outros legumes. (N.T.)

** Tipo de peixe de rio, aparentado com as carpas. (N.T.)

*** Prato feito de cereal cozido, parecido com a nossa forma de cozinhar arroz (usa-se especialmente trigo sarraceno, mas também pode ser cevada, trigo, arroz ou, então, pode ser feito com leite e açúcar, de semolina, aveia etc.). (N.T.)

– Se você fosse embora daqui para estudar! – dizia ele. – Só as pessoas instruídas são interessantes, só elas são necessárias. Quanto mais pessoas assim houver na terra, mais rápido há de se instaurar o reino de Deus. Desta sua cidade, aos poucos não restará pedra sobre pedra – tudo irá para o espaço, ficará de pernas para o ar, tudo vai se transformar, como num passe de mágica. E vai haver aqui edifícios imensos e magníficos, jardins maravilhosos, fontes fantásticas, pessoas admiráveis... Mas o mais importante não é isso. O mais importante é que não haverá essa turba que nós conhecemos hoje, não haverá essa coisa ruim, porque cada ser humano vai acreditar e saber a razão de sua existência e ninguém vai procurar apoio na multidão. Minha boa amiga, minha querida, vá embora! Mostre a todos que esta vida imóvel, cinzenta, esta vida cheia de culpa já cansou você. Mostre isso nem que seja a você mesma.

– É impossível, Sacha. Vou me casar.

– Ora, pare! Que importância tem isso?

Saíram para o jardim e caminharam um pouco.

– De qualquer maneira, minha querida, é preciso refletir e entender como é pecaminosa, imoral, essa vida ociosa de vocês – continuou Sacha. – Compreenda que se, por exemplo, você, sua mãe e sua vovozinha não fazem nada, isso significa que no lugar de vocês alguém trabalha, e vocês estão consumindo uma vida que não lhes pertence. Será que isso é limpo? Não é uma coisa suja?

Nádia queria dizer: "Sim, isso é verdade"; queria dizer que ela compreendia, mas lágrimas brotaram nos seus olhos; de repente ela se fechou no silêncio, se encolheu e foi para o seu quarto.

À noite, chegou Andrei Andrêitch que, como de hábito, ficou muito tempo tocando violino. Em geral, era de poucas palavras, e talvez gostasse desse instrumento exatamente porque podia ficar calado enquanto tocava.

Depois das dez horas, ao sair, ele abraçou Nádia e pôs-se a beijar ardentemente seu rosto, seus ombros, suas mãos.

– Minha querida, minha amada, criatura maravilhosa! – balbuciava ele. – Oh, como estou feliz! Estou louco de felicidade!

Pareceu a Nádia que ela já ouvira isso muito tempo atrás, muito tempo mesmo, ou que lera em algum lugar... Talvez num velho romance rasgado que alguém largara por ali em algum momento do passado.

Sacha estava na sala, sentado junto à mesa tomando chá, equilibrando o pires em seus cinco longos dedos.* A vovó arrumava as cartas para o jogo de paciência e Nina Ivânovna lia. A chamazinha na lamparina votiva crepitava, e tudo parecia estar correndo bem. Nádia deu boa-noite, subiu para o seu quarto e deitou-se, adormecendo logo em seguida. Mas, como na noite anterior, assim que começou a clarear ela acordou. Perdeu o sono; seu espírito estava perturbado por algo penoso e agitado. Ficou sentada com a cabeça apoiada nos joelhos e pensando no noivo, no casamento... Por algum motivo, lembrou-se de que sua mãe não amava o falecido marido e agora não possuía nada, vivendo na dependência total de sua sogra, a vovó. E, por mais que pensasse, Nádia não conseguia entender por que, até aquela data, ela vira em sua mãe algo de especial, extraordinário, por que não havia notado que ela era uma mulher comum, simples e infeliz.

Embaixo, Sacha também não dormia: ouvia-se a sua tosse. "É uma pessoa estranha, ingênua", pensava Nádia, "e nos seus sonhos, nesses jardins maravilhosos, nas fontes fantásticas, percebe-se algo meio maluco." Mas, por alguma razão, na sua ingenuidade e até mesmo nessa maluquice havia algo maravilhoso e, mal ela começava a pensar em partir para estudar, sentia um friozinho invadindo seu

* É uma tradição antiga dos russos tomar chá no pires para esfriar mais depressa. (N.T.)

peito e seu coração, seguido de um sentimento de alegria e entusiasmo.

– Mas é melhor não pensar, é melhor não pensar... – sussurrava. – Não devo pensar nisso.

"Tac-tac..." – matraqueava o vigia ao longe. "Tac-tac..."

## III

Em meados de junho, Sacha começou a se entediar e resolveu voltar para Moscou.

– Não consigo viver nesta cidade – disse ele com ar sombrio. – Sem água encanada, sem esgotos! Tenho nojo quando vou almoçar: a sujeira na cozinha é insuportável...

– Mas espere, filho pródigo! – tentava a avó convencê-lo, sussurrando, por algum motivo. – Dia sete é o casamento.

– Não tenho vontade.

– Mas você queria ficar conosco até setembro!

– Mas agora não quero. Preciso trabalhar.

Naquele ano, o verão foi frio e úmido, as árvores estavam molhadas, no jardim tudo parecia pouco convidativo, melancólico – dava realmente vontade de trabalhar. Nos quartos, embaixo e em cima, ouviam-se vozes femininas estranhas, soavam batidas da máquina de costura no quarto da vovó: é que se apressavam para terminar o enxoval. Somente casacos de pele, Nádia ia receber seis, e o mais barato deles, nas palavras da avó, custara trezentos rublos! A agitação deixava Sacha irritado; com um péssimo humor, ele não saía do seu quarto; no entanto, conseguiram convencê-lo a ficar, e ele deu sua palavra de que iria embora no dia primeiro de julho, não antes disso.

O tempo passava com rapidez. No dia de São Pedro, depois do almoço, Andrei Andrêitch foi com Nádia à rua

Moskóvskaia para mais uma vez olhar a casa que havia sido alugada e que estava sendo preparada para o jovem casal. Era uma casa de dois andares, mas apenas o andar de cima estava arrumado. A sala tinha um assoalho brilhante, com pintura imitando tacos, cadeiras vienenses, um piano de cauda e suporte para o violino. Cheirava a tinta. Na parede havia um quadro grande de moldura dourada, com a pintura a cores de uma mulher nua ao lado de um vaso lilás com uma asa quebrada.

– Que quadro maravilhoso! – disse Andrei Andrêitch, suspirando respeitoso. – É do pintor Chichmatchévski.

Mais adiante ficava a sala de visitas, com uma mesa redonda, um sofá e poltronas forrados de tecido azul-claro. Na parede, acima do sofá, estava pendurada uma fotografia em tamanho grande do padre Andrei, de barrete de clérigo e medalhas. Depois passaram à sala de jantar, onde havia um bufê, e em seguida ao dormitório. Neste último, na penumbra, viam-se lado a lado duas camas, e tudo indicava que, quando o quarto estava sendo mobiliado, tinha-se em vista que tudo ali seria sempre maravilhoso e que de outra forma não poderia ser. Andrei Andrêitch conduzia Nádia pelos aposentos, segurando-a o tempo todo pela cintura; quanto a ela, sentia-se fraca, culpada, com ódio de todos aqueles cômodos, camas, poltronas, e constrangida com a dama nua. Já estava claro para ela que deixara de amar Andrei Andrêitch ou que, talvez, nunca o tivesse amado. No entanto, como dizer isso, e com que finalidade, ela não conseguia entender. E nem poderia, embora pensasse nisso todos os dias e todas as noites... Ele a segurava pela cintura, falava-lhe com carinho, sem alarde, estava tão feliz caminhando por sua nova casa, mas ela via em tudo apenas vulgaridade, uma vulgaridade tola, ingênua, insuportável, e o braço dele, que enlaçava sua cintura, parecia-lhe rígido e gelado como um aro de barril. A cada minuto ela tinha vontade de fugir, soluçar, jogar-se pela janela. Andrei

Andrêitch conduziu-a ao banheiro, onde tocou numa torneira instalada na parede e, de repente, a água jorrou.

– Que acha disso? – disse ele, rindo. – Mandei colocar no sótão uma caixa de 120 litros, e agora nós vamos ter água.

Deram uma caminhada no pátio, depois saíram para a rua e tomaram um coche. O pó se erguia em densas nuvens e parecia que dali a pouco iria chover.

– Não está sentindo frio? – perguntou Andrei Andrêitch, franzindo os olhos por causa da poeira.

Ela permaneceu calada.

– Ontem, você se lembra, Sacha me censurou por eu não fazer nada – disse ele após um instante de silêncio. – Pois que seja, ele está correto! Infinitamente correto! Eu não faço nada nem posso fazer. Minha querida, por que isso acontece? Por que eu tenho horror só de pensar que um dia vou colocar um quepe* na cabeça e vou trabalhar? Por que me sinto mal quando vejo um advogado, um professor de latim ou um membro do judiciário? Ó mãe Rússia! Quantos você carrega, ociosos e inúteis! Quantos, como eu, você suporta, mãe sofredora!

E ele generalizava o fato de não fazer nada, vendo nisso um sinal dos tempos.

– Quando nos casarmos – continuou ele –, vamos juntos para a aldeia, minha querida, e vamos trabalhar lá! Vamos comprar um pequeno lote de terra com um jardim, à beira de um rio, vamos trabalhar, observar a vida... Oh, como vai ser bom!

Ele tirou o chapéu e seus cabelos esvoaçaram com o vento, e ela o ouvia e pensava: “Meu Deus, quero ir para casa! Meu Deus!”. Já quase chegando em casa, eles ultrapassaram um coche em que ia o padre Andrei.

– Olha lá o meu pai! – disse Andrei Andrêitch alegremente, acenando com o chapéu. – Como eu gosto do

---

* Na Rússia tsarista, as pessoas que trabalhavam no serviço público geralmente usavam uniformes. (N.T.)

meu paizinho, gosto mesmo! – disse ele, enquanto pagava ao cocheiro. – É um velho formidável. Que velho bom!

Nádia entrou em casa irritada, indisposta, pensando que haveria visitas durante a noite toda, que seria necessário dar atenção a elas, sorrir, ouvir o violino, escutar toda sorte de asneiras e conversar unicamente sobre o casamento. A avó, imponente, pomposa no seu vestido de seda, autoritária, como acontecia quando havia visitas, estava sentada junto ao samovar. Entrou o padre Andrei com seu sorriso astuto.

– Tenho a satisfação e o abençoado consolo de vê-la em perfeita saúde – disse ele, dirigindo-se à avó, e era difícil saber se estava brincando ou falando sério.

## IV

O vento golpeava as janelas e o telhado; ouvia-se um assobio e, no fogão, o *domovói** entoava sua cançãozinha com um lamento lúgubre. Já passava da meia-noite. Todos na casa já estavam deitados, mas ninguém dormia, e Nádia continuava com a impressão de que lá embaixo alguém tocava violino. Ouviu-se um ruído brusco, provavelmente se soltara um dos contraventos de alguma janela. Um minuto depois entrou Nina Ivânovna de camisola, segurando uma vela.

– Que barulho foi esse, Nádia? – perguntou ela.

A mãe, com o cabelo preso numa única trança e com um sorriso tímido, naquela noite tempestuosa parecia mais velha, feia, mais baixa. Nádia se lembrou de como até recentemente ela achava que sua mãe era extraordinária e de como ouvia suas palavras com orgulho; agora não conseguia se lembrar que palavras eram essas; tudo o que lhe vinha à memória era medíocre, sem utilidade.

No fogão, ouviu-se o canto de algumas vozes de baixos, e até se ouviu alguém dizer: “A-a-ah, meu De-e-eus!”.

---

* No folclore russo, duende da casa. (N.T.)

Nádia sentou-se na cama e de repente agarrou com força os cabelos, pondo-se a soluçar.

– Mamãe, mamãe – disse ela –, mãezinha querida, se você soubesse o que estou passando! Eu lhe peço, suplico, me deixe ir embora! Eu lhe imploro!

– Para onde? – perguntou Nina Ivânovna sem entender, sentando-se na cama. – Ir para onde?

Nádia chorou durante muito tempo, sem conseguir pronunciar nem uma palavra.

– Me deixe ir embora desta cidade! – disse ela finalmente. – Não deverá haver esse casamento, e não haverá, entenda isso! Eu não amo esse homem... Não consigo nem falar nele.

– Não, minha filha, não – apressou-se em dizer Nina Ivânovna, terrivelmente assustada. – Acalme-se, você está indisposta. Vai passar. Isso acontece. Na certa você brigou com Andrei, mas tudo não passa de arrufos de namorados.

– Ah, vá embora, mamãe, vá embora! – disse Nádia entre soluços.

– É... – disse Nina Ivânovna depois de uma pausa. – Há pouco tempo você era uma menina, uma criança, e agora já está noiva. Na natureza tudo se transforma constantemente. E você não vai perceber quando se tornar mãe, quando envelhecer e tiver uma filha tão rebelde como eu tenho.

– Minha boa e querida mãe, você é inteligente, você é infeliz – disse Nádia –, você é muito infeliz. Então por que você fala essas coisas banais? Pelo amor de Deus, por quê?

Nina Ivânovna queria dizer alguma coisa, mas não conseguiu pronunciar nem uma palavra. Soltou um soluço e foi para o seu quarto. As vozes dos baixos ressoaram novamente no fogão, tudo ficou tenebroso de repente. Nádia saltou da cama e correu para o quarto da mãe. Nina Ivânovna estava deitada, com cara de choro, coberta por um cobertor azul-claro e segurando um livro.

– Mamãe, me ouça! – disse Nádia. – Eu lhe suplico, ouça e entenda! Apenas entenda o quanto é insignificante e humilhante essa nossa vida. Meus olhos se abriram, agora eu vejo tudo. E o que é esse seu Andrei Andrêitch? Ele não é inteligente, mamãe! Oh, meu Deus! Entenda, mamãe, ele é um tolo!

Nina Ivânovna sentou-se bruscamente.

– Você e sua avó me torturam! – disse ela com um soluço. – Eu quero viver! Viver! – repetiu, batendo duas vezes no peito com o punho. – Deixe-me ser livre! Eu ainda sou jovem, quero viver, e vocês fizeram de mim uma velha!

Ela chorou com amargura, deitou-se e ficou encolhida debaixo do cobertor, e nessa posição ela parecia bem pequena, bobinha e lastimável. Nádia foi para o seu quarto, vestiu-se e ficou esperando amanhecer, sentada junto à janela. Ficou a noite toda ali, pensando, e enquanto isso algo continuava a bater e a assoviar no contravento da janela.

De manhã a avó se queixou de que durante a noite o vento derrubara todas as maçãs e quebrara uma velha cerejeira. Tudo estava tão cinzento, embaçado e sem graça, que até foi preciso acender o fogo; todos se queixavam do frio, a chuva tamborilava nas janelas. Depois do chá, Nádia foi ao quarto de Sacha e, sem dizer uma palavra, ajoelhou-se no canto junto à poltrona, cobrindo o rosto com as mãos.

– O que aconteceu? – perguntou Sacha.

– Não consigo... – disse ela. – Como eu podia viver aqui antes, não compreendo, não consigo entender! Desprezo o meu noivo, desprezo a mim mesma, desprezo toda essa vida de ociosidade, essa vida sem sentido...

– Ora, vamos, vamos... – pronunciou Sacha, ainda sem entender o que se passava. – Não é nada... Isso é bom.

– Estou farta desta vida – continuou Nádia –, não vou aguentar nem mais um dia aqui. Amanhã mesmo vou embora. Me leve com você, pelo amor de Deus.

Sacha ficou um minuto olhando para ela, espantado; finalmente entendeu e ficou alegre como uma criança. Agitou os braços e começou a bater com os sapatos no chão, como se estivesse dançando de alegria.

– Formidável! – disse ele, esfregando as mãos. – Ó Deus, como isso é bom!

Nádia olhava para ele sem piscar, de olhos abertos e apaixonados, como se estivesse enfeitiçada e à espera de que logo, logo ele fosse dizer algo significativo e infinitamente importante; ele nada dissera ainda, mas já lhe parecia que à sua frente se abria alguma coisa nova e ampla que ela antes não conhecia, e ela já olhava para ele cheia de expectativas, pronta para tudo, até mesmo para a morte.

– Amanhã eu vou embora – disse ele depois de refletir –, e você vai me acompanhar até a estação... Sua bagagem vai na minha mala, e lá eu compro sua passagem; no terceiro sinal, você entra no vagão – e nós vamos embora. Você vai comigo até Moscou e de lá vai sozinha para Petersburgo. Você tem carteira de identidade?

– Tenho.

– Garanto que não vai se lamentar nem se arrepender – disse Sacha com paixão. – Você vai embora, vai estudar, e depois, seja o que o destino lhe trouxer. Quando tiver transformado radicalmente sua vida, tudo vai ficar diferente. O mais importante é transformar a vida, o resto não tem importância. Então, vamos embora amanhã?

– Vamos, sim! Se Deus quiser!

Nádia achava que estava muito agitada, que seu coração estava oprimido como nunca, que até o momento da partida teria de sofrer e torturar-se. Porém, mal subiu para o seu quarto e se deitou na cama, adormeceu imediatamente e dormiu um sono pesado até o anoitecer, com vestígios de lágrimas e um sorriso no rosto.

## V

Mandaram chamar um coche. Já de casacão e chapéu, Nádia subiu ao andar de cima para dar uma última olhada em sua mãe e nas suas coisas; parou um pouco no seu quarto, junto à cama ainda quente, olhou em volta, depois entrou sem fazer barulho no quarto da mãe. Nina Ivânovna dormia, o quarto estava silencioso. Nádia beijou a mãe, ajeitou seus cabelos e ficou ali de pé uns dois minutos... Depois desceu novamente, sem pressa.

No pátio caía uma chuva forte. O cocheiro, todo molhado, esperava junto à entrada, com a capota levantada.

– Você não vai caber ao lado dele, Nádia – disse a avó, quando os criados começaram a colocar as malas no carro. – Mas que ideia ir à estação num tempo desses! Era melhor ficar em casa com essa chuvarada!

Nádia quis dizer alguma coisa, mas não conseguiu. Sacha ajudou-a a subir e cobriu suas pernas com a manta, depois acomodou-se ao seu lado.

– Boa sorte! Que Deus o abençoe! – gritava a avó do alto da escadinha. – E você, Sacha, escreva para nós de Moscou.

– Está bem. Adeus, vovó!

– Que a rainha do céu o proteja!

– Que tempinho, hein! – disse Sacha.

Só então Nádia começou a chorar. Para ela, já estava claro que sua partida era fato consumado, o que ela até aquele momento não acreditava muito ao se despedir da avó e quando olhava para a mãe. Adeus, cidade! De repente ela se lembrou de tudo: de Andrei, do pai dele, da casa nova, da dama nua com o vaso; e isso já não a assustava, não a oprimia, era apenas algo ingênuo, insignificante, que ficava cada vez mais para trás. E quando entraram no vagão e o trem partiu, todo esse passado, que fora tão grande e importante, encolheu, e desenrolou-se um futuro imenso e largo, que até então era tão pouco visível. A chuva batia nas janelas do trem, podia-se ver apenas o campo verde; passavam rapidamente postes telegráficos e pássaros pousados nos fios. A alegria de repente lhe tirou o fôlego: ela se deu conta de que ia embora para se libertar, para estudar, e isso equivalia ao que antigamente se chamava juntar-se aos cossacos.* Ela ria, chorava e rezava, tudo ao mesmo tempo.

– Está tudo bem! – dizia Sacha, rindo. – Está tudo bem!

## VI

O outono passou, depois passou também o inverno. Nádia já sentia muita saudade e diariamente pensava na mãe e na avó, e também em Sacha. As cartas de casa eram mansas, boas, parecia que tudo havia sido perdoado e esquecido. Em maio, após os exames, ela, alegre e saudável, foi para casa e fez uma parada em Moscou para ver Sacha. Ele continuava igual ao que estivera no verão anterior: barbudo, cabelos despenteados, com o mesmo casaco e as calças de brim, e com os mesmos olhos grandes e belos, mas seu aspecto era doentio, sofrido; estava envelhecido, magro e tossindo sem parar. E, por alguma razão, Nádia o achou apagado, provinciano.

– Meu Deus, Nádia chegou! – disse ele, dando uma risada alegre. – Minha querida amiga!

Ficaram algum tempo sentados na litografia, onde havia odor de cigarro e um cheiro forte e sufocante de tinta e de nanquim; depois foram para o quarto dele, onde também havia o cheiro de cigarro e cuspidelas pelo chão; sobre a mesa, ao lado do samovar apagado, estava um prato

---

* Originalmente, os cossacos eram servos que fugiam de seus senhores e iam para os extremos do império russo, onde viviam livres. (N.T.)

quebrado com um papelzinho escuro, e na mesa e no chão jazia uma infinidade de moscas mortas. Por tudo isso via-se que Sacha era desleixado com sua vida pessoal, vivendo como era possível, com total desprezo pelas comodidades, e se alguém começasse a falar com ele sobre sua felicidade, sobre sua vida, sobre autoestima, ele seguramente não entenderia nada e começaria a rir.

– Está tudo bem, deu tudo certo – apressou-se Nádia em contar. – Mamãe foi me visitar no outono em Petersburgo, disse que vovó não está zangada, apenas continua entrando no meu quarto e benzendo as paredes.

Sacha parecia alegre, mas tossia e falava com voz rachada, e Nádia olhava para ele e não entendia se a doença dele era realmente séria ou se era apenas impressão.

– Sacha, meu querido, você está doente! – disse ela.

– Não, não é nada. Estou doente, sim, mas não muito...

– Oh, meu Deus – assustou-se Nádia –, por que você não se trata, não cuida da sua saúde? Meu querido, meu bom Sacha – disse ela, e lágrimas brotaram em seus olhos. Por algum motivo, na sua lembrança retornaram ampliados Andrei Andrêitch, a dama nua com o vaso e todo o seu passado, que agora parecia tão distante como a sua infância; ela começou a chorar porque Sacha já não lhe parecia tão novo, intelectual e interessante como no ano anterior. – Sacha, querido, você está muito doente. Eu faria qualquer coisa para você não ficar assim tão pálido e magro. Eu lhe devo tanto! Você nem imagina o quanto fez por mim, meu bom Sacha! Na verdade, você agora é a pessoa que considero mais próxima, mais querida.

Ficaram ali sentados, conversando; depois que Nádia passara um ano em Petersburgo, de Sacha e do seu sorriso, de toda a sua figura, emanava algo arcaico, fora de moda, há muito acabado e, talvez, já enterrado.

– Depois de amanhã vou para o Volga – disse Sacha –, e depois vou aonde tem *kumys.** Quero beber *kumys.* Vai também um amigo meu com a esposa. Ela é uma mulher incrível. Estou fazendo o possível para desencaminhá-la, estou tentando convencê-la a estudar. Quero que ela mude radicalmente de vida.

Depois dessa conversa, foram para a estação. Sacha ofereceu a Nádia chá e lhe comprou maçãs. Quando o trem partiu, ele ficou acenando com o lenço, sorridente, mas até mesmo por suas pernas era visível que ele estava muito doente e que dificilmente viveria muito tempo.

Nádia chegou à sua cidade ao meio-dia. No caminho da estação até sua casa, as ruas lhe pareceram muito largas, mas as casas estavam pequenas, achatadas. Não havia ninguém; ela encontrou apenas o alemão afinador de piano, com seu paletó cor de cenoura. E todas as casas pareciam cobertas de pó. A avó, completamente envelhecida, gorda e feia como antes, abraçou Nádia com força e chorou longamente com o rosto colado no seu ombro, sem conseguir soltá-la. Nina Ivânovna também havia envelhecido bastante e estava mais feia, parecia descarnada, mas, como antes, andava empertigada e nos seus dedos cintilavam os brilhantes.

– Minha querida! – dizia ela com o corpo todo tremendo. – Minha querida!

Depois sentaram e ficaram chorando sem dizer nada. Era visível que a avó e a mãe sentiam que o passado estava perdido para sempre e que não voltaria jamais: já não tinham posição na sociedade, nem as honrarias de antigamente, nem direito de convidar pessoas à sua casa; era uma situação semelhante à de uma pessoa que leva uma vida leve e despreocupada e, de repente, chega a polícia à sua casa, no meio da noite, dá uma batida e

---

* Pronuncia-se kumýs. Leite de égua fermentado, bebida tradicional dos tártaros e mongóis que, segundo a crença, seria benéfico para quem sofre de tuberculose. (N.T.)

descobre-se que o dono da casa havia dado um desfalque ou era um falsário – e adeus para sempre à vida leve e despreocupada!

Nádia subiu para o seu quarto e encontrou a mesma cama, as mesmas janelas com cortininhas brancas, ingênuas, e através delas viu o mesmo jardim banhado de sol, alegre, barulhento. Tocou na sua mesa, sentou-se e ficou pensando. Depois almoçou muito bem e bebeu chá com um creme de leite gordo e delicioso, mas faltava alguma coisa, havia um vazio em todos os cômodos e os tetos estavam baixos. À noite, ela se deitou para dormir, se cobriu, mas, por alguma razão, achava engraçado ficar deitada nessa cama quente e macia demais.

Entrou Nina Ivânovna por um instante e sentou-se timidamente, com ar de culpada, olhando para os lados.

– Então, como você está, Nádia? – perguntou, rompendo o silêncio. – Está contente? Muito contente?

– Estou, mamãe.

Nina Ivânovna se levantou, benzeu Nádia e as janelas.

– Já eu, como vê, me tornei religiosa – disse. – Sabe, agora estou estudando filosofia e passo o tempo todo pensando, pensando... E muita coisa ficou clara como o dia para mim. Antes de tudo, eu acho, é preciso que toda a vida passe como que através de um prisma.

– Diga, mamãe, como está a saúde da vovó?

– Parece que ela está bem. Depois que você partiu com Sacha e chegou seu telegrama, a vovó, mal o leu, caiu no chão; ficou três dias deitada, imóvel. Depois, só fazia rezar e chorar. Mas agora está bem.

Nina Ivânovna levantou-se e caminhou pelo quarto.

"Tac-tac..." – soava a matraca do vigia. – "Tac-tac..."

– Antes de mais nada, é preciso que toda a vida passe como que através de um prisma – disse ela. – Ou seja, é preciso que, na nossa consciência, a vida se separe nos seus elementos mais simples, como se fossem as sete cores básicas, e é preciso estudar cada elemento isoladamente.

O que mais Nina Ivânovna disse e quando ela saiu, Nádia não ouviu, pois logo adormeceu.

Maio chegou ao fim, começou junho. Nádia já havia se acostumado à casa. A vovó cuidava do samovar e dava suspiros profundos; à noite, Nina Ivânovna falava de sua filosofia; ela continuava a viver de favor na casa da avó e tinha de se dirigir a ela para cada copeque de que necessitasse. A casa estava cheia de moscas e os tetos pareciam cada vez mais baixos. A avó e Nina Ivânovna não saíam à rua com medo de encontrar o padre Andrei e Andrei Andrêitch. Nádia caminhava pelo jardim e pela calçada, olhava as casas, as cercas cinzentas, e lhe parecia que tudo na cidade envelhecera havia muito tempo, estava a ponto de desaparecer e apenas esperava o fim ou o começo de alguma coisa nova, jovem. Ah, se viesse logo essa vida nova e luminosa, na qual vai ser possível encarar o destino, ter consciência dos próprios direitos, ser alegre, livre! E tal vida cedo ou tarde se tornará realidade! Pois há de chegar o dia em que da casa da avó, onde quatro empregados são obrigados a viver em um quarto, no porão, na sujeira – há de chegar o dia em que dessa casa não ficará nem sinal, e ninguém se lembrará mais dela. E os únicos que distraíam Nádia, quando ela passeava pelo jardim, eram os meninos da casa vizinha; eles batiam na cerca e, para caçoar dela, gritavam entre risos:

– Noiva! Noiva!

De Sarátov chegou uma carta de Sacha. Com sua caligrafia alegre e dançante ele escrevia que sua viagem pelo Volga estava sendo um sucesso total, mas que em Sarátov ele adoecera um pouco, perdera a voz e estava internado num hospital havia já duas semanas. Nádia entendeu o que isso significava, e um pressentimento, parecido com uma certeza, tomou conta dela. Sentiu-se mal pelo fato de que esse pressentimento e as lembranças de Sacha já não lhe causavam preocupação como antes. Ela queria ardentemente viver, queria voltar para Petersburgo, e sua amizade com Sacha era algo muito precioso, mas que já ficara distante no passado! Ela não conseguiu dormir toda a noite e pela manhã ficou sentada junto à janela, de ouvido atento. E, de fato, ouviram-se vozes lá embaixo; a avó, nervosa, perguntava afobada alguma coisa a alguém. Depois, uma pessoa começou a chorar... Quando Nádia desceu, a avó estava de pé diante dos ícones e rezava, e via-se pelo seu rosto que tinha chorado. Havia um telegrama sobre a mesa.

Nádia caminhou durante muito tempo pela sala, ouvindo o choro da avó; depois pegou o telegrama e leu. Comunicava-se que na véspera, de manhã, falecera em Sarátov, de tuberculose, Aleksandr Timofêitch, ou, simplesmente, Sacha.

A avó e Nina Ivânovna foram à igreja encomendar uma missa fúnebre, enquanto Nádia continuava a caminhar pelos cômodos da casa e a pensar. Ela teve consciência nítida de que sua vida tinha sido virada de cabeça para baixo, como queria Sacha, de que ali ela estava só, era uma pessoa estranha, supérflua, que ela não precisava de nada dali; tudo o que havia antes fora arrancado dela e desaparecera como as cinzas que são levadas pelo vento depois de um incêndio. Ela entrou no quarto de Sacha e ficou algum tempo lá.

"Adeus, querido Sacha!" – pensava, e diante dela desenhava-se uma vida nova, ampla, espaçosa, e essa vida, ainda mal-delineada, a atraía e fascinava.

Subiu ao seu quarto para fazer as malas. No dia seguinte, de manhã, despediu-se dos seus e alegre, viva, deixou a cidade – como supunha, para sempre.

*Dezembro de 1903*

# Trapaceiros à força – Historinha de Ano-Novo

Há festa em casa de Zakhar Kúzmitch Diádetchkin. Celebra-se o Ano-Novo e cumprimenta-se a dona da casa, Malánia Tikhónovna, pelo dia do seu anjo da guarda.

Os convidados são muitos. Todos gente respeitável, compenetrada, sóbria e positiva. Nenhum malandro. Os rostos exprimem emoção, deleite e o sentimento da própria dignidade. Na sala, sentados no grande divã quadriculado, estão: o senhorio Gússiev e o vendeiro Razmakhálov, do qual os Diádetchkin compram fiado. A conversa gira em torno de filhos e filhas.

– Hoje em dia é difícil encontrar um homem – diz Gússiev – que não beba e seja sério... um homem que seja trabalhador... É difícil!

– O mais importante em casa é a ordem, Alexei Vassílitch! Isto não acontecerá quando em casa não houver... aquilo... ordem dentro de casa.

– Quando não há ordem em casa, então... Tudo é assim... Muita bobageira anda proliferando neste mundo... Como pode ser desse jeito? Hum...

Perto deles, três velhotas, sentadas em cadeiras, olham comovidas para as suas bocas. Nos seus olhos está escrito sua admiração pela "inteligência-sabedoria". De pé no canto está o compadre Gúri Márkovitch, examinando os ícones. No dormitório dos donos da casa o ambiente é ruidoso. Lá, senhoritas e cavalheiros jogam loto. O cacife é um copeque. De pé ao lado da mesa, chorando, está o primeiro anista de ginásio, Kólia. Está com vontade de jogar loto, mas não o deixam sentar-se à mesa. Então é culpa sua que seja pequeno e não tenha nem um copeque?

– Para de te esgoelar, bobão! – advertem-no. – Então, por que estás berrando? Queres que a mamãe te dê uma sova?

– Quem é que está se esgoelando? O Kólia? – ouve-se da cozinha a voz da mamãe. – Dei-lhe poucas surras, estou ficando velha... Varvára Gúrievna, puxe-lhe a orelha!

Na cama dos donos da casa, sentadas sobre a colcha de chita desbotada, estão duas senhoritas de vestidos cor-de-rosa. Em pé diante delas, encontra-se um rapazola de uns 23 anos, que trabalha numa companhia de seguros, Kopáisky, *en face** muito parecido com um gato. Ele as está cortejando.

– Não tenho intenções de me casar – diz ele com afetação, afastando do pescoço, com os dedos, os colarinhos altos e cortantes. – A mulher é um ponto luminoso na cabeça de um homem, mas ela pode destruir a pessoa. Criatura maligna!

– E os homens? Um homem é incapaz de amar. Faz toda sorte de grosserias.

– Como sois ingênuas! Eu não sou cínico nem cético, mas ainda assim compreendo que um homem sempre estará numa posição mais elevada no que se refere aos sentimentos.

De um canto para outro, como lobos na jaula, agitam-se o próprio Diádetchkin e o seu primogênito Gricha. Estão com as almas em fogo. Ambos beberam bastante no almoço e agora sentem violenta necessidade de rebater a bebida... Diádetchkin vai para a cozinha, onde a dona da casa salpica um bolo com açúcar moído.

– Malacha – diz Diádetchkin –, não seria bom pôr a zakúska** na mesa? As visitas querem petiscar alguma coisa...

---

* De rosto, em francês no original. (N.T.)

** Mesa de frios, refeição ligeira, antepasto. (N.T.)

– Que esperem... Vão comer e beber tudo agora, e o que é que eu vou servir à meia-noite? Não vão morrer... Sai... Não fiques te agitando diante do meu nariz.

– Um calicezinho só para cada um, Malacha... Não sofrerás déficit nenhum por causa disso... Pode?

– Mas que castigo! Sai, estou te dizendo! Vai lá ficar um pouco com as visitas. Para que se acotovelar na cozinha?

Diádetchkin exala um suspiro profundo e sai da cozinha. Ele vai olhar o relógio. Os ponteiros mostram onze e dez. Para o momento almejado faltam ainda 52 minutos. É terrível! A espera por um trago é a mais dolorosa das esperas. Melhor passar cinco horas ao relento, esperando o trem sob o frio do inverno, do que ficar cinco minutos à espera da bebida... Diádetchkin olha com ódio para o relógio e, após andar um pouco de um lado para outro, empurra o ponteiro maior dez minutos para a frente... E Gricha? Se não derem de beber ao Gricha imediatamente, ele vai embora para o botequim, vai beber ali. Não está disposto a morrer de vontade e angústia...

– Mamãezinha – diz ele –, as visitas estão irritadas porque não lhes servem o antepasto! É o cúmulo da porcaria... Obrigar a passar fome! Se ao menos servisse um cálice!

– Que esperem... Falta pouco... Logo já... Não fiques no meu caminho, na cozinha.

Gricha bate a porta e vai pela centésima vez consultar o relógio. O ponteiro grande é implacável! Está quase no mesmo lugar.

– Está atrasando! – consola-se Gricha e, com o dedo indicador, empurra o ponteiro sete minutos para a frente.

Kólia passa correndo pelo relógio. Para na frente dele e começa a contar o tempo... Sente uma vontade doida de ver chegar o momento quando todos gritarão "urra!". O relógio trespassa-lhe o coração com o seu ponteiro imóvel. Ele sobe na cadeira, olha timidamente em volta e rouba cinco minutos à eternidade.

– Vá verificar queleretíl* – encarrega uma das senhoritas o Kopáisky. – Estou morrendo de impaciência. Ano-Novo! Vida nova!

Kopáisky junta os dois pés numa mesura e sai correndo para o relógio.

– Ó, diabos – resmunga ele, olhando os ponteiros. – Como falta muito ainda! E a vontade de comer está enorme... Vou beijar a Kátka sem falta, quando gritarem "urra".

Kopáisky afasta-se do relógio, para... Pensa um pouco, volta e encurta o ano velho em seis minutos. Diádetchkin esvazia dois copos d'água, mas... sua alma está em chamas! Ele anda, anda, anda... A mulher enxota-o da cozinha a toda hora. As garrafas enfileiradas na janela dilaceram-lhe a alma. O que fazer! Não há forças que aguentem!

Ele agarra-se novamente ao último recurso. O relógio está às suas ordens. Ele vai para o quarto das crianças, onde o relógio está pendurado, e topa com um quadro desagradável para o seu coração paterno: diante do relógio está Gricha, movendo o ponteiro.

– Tu... tu... o que é que estás fazendo? Hein? Para que moveste o ponteiro? Bobalhão! Hein? Para que isso? Hein?

Diádetchkin tosse, hesita, franze o rosto e faz um gesto de desistência com a mão.

– Para quê?... A-a-a... mas move-o duma vez, ele que arrebente, o desgraçado! – diz ele, e empurrando o filho para afastá-lo do relógio, move sozinho o ponteiro.

Para o Ano-Novo ficam faltando onze minutos. O papai e Gricha vão para a sala e começam a arrumar a mesa.

– Malacha! – grita Diádetchkin. – Já, já vai ser Ano-Novo!

Malánia Tikhónovna sai correndo da cozinha e vai conferir o que disse o marido. Olha longamente para o relógio: o marido não mentiu.

---

* Francês "macarrônico": *Quelle heure est-il*, ou seja, "que horas são?" (N.T.)

– E agora, o que vou fazer? – murmura ela. – Se as ervilhas para o presunto ainda não estão cozidas! Hum... que castigo! Como é que eu vou poder servir?

E, tendo pensado um pouco, Malánia Tikhónovna, com a mão trêmula, move o ponteiro grande para trás: o ano velho recupera vinte minutos.

– Podem esperar! – diz a patroa, e corre para a cozinha.

# Desgraça alheia

Não eram mais de seis horas da manhã, quando o recém--formado bacharel de Direito Kovaliov subiu com a sua jovem esposa na charrete e rodou pela estrada rural. Ele e a mulher nunca antes haviam se levantado cedo, e agora a magnificência da tranquila manhã estival parecia-lhes algo de encantado. A terra, vestida de verde, aspergida de orvalho diamantino, parecia bela e feliz. Os raios de sol pousavam em manchas brilhantes sobre o bosque, tremiam no rio faiscante, e no extraordinariamente translúcido ar azul-claro havia um enorme frescor, como se todo o mundo de Deus acabasse de se banhar, ficando mais jovem e mais saudável.

Para os Kovaliov, como mais tarde eles mesmos confessaram, aquela manhã foi a mais feliz da sua lua-de-mel e, portanto, da vida. Eles tagarelavam sem parar, cantavam, riam à toa, e faziam tanta palhaçada que, por fim, ficaram até com vergonha do cocheiro. Não só no presente, mas até no futuro, a felicidade sorria para eles: eles iam comprar uma propriedade, um "pequeno recanto poético", com o qual sonhavam desde o primeiro dia do seu casamento. A distância oferecia a ambos as mais brilhantes esperanças. Ele sonhava com um posto no Zêmstvo*, com uma economia racional, o labor das suas mãos e outras coisas boas, sobre as quais tanto lera e ouvira; enquanto a ela seduzia o lado puramente romântico das coisas: alamedas sombreadas, pescarias, noites perfumadas...

Rindo e conversando, eles nem perceberam como atravessaram dezoito verstás**. A propriedade do conse-

* Zêmstvo – Conselho provincial eletivo na Rússia czarista. (N.T.)

** Verstá – Medida russa antiga: 1,06km. (N.T.)

lheiro Mikháilov, que eles iam examinar, localizava-se na margem alta e íngreme de um riacho, escondida atrás de um bosquezinho de bétulas... O telhado vermelho mal se via por detrás do verde espesso, e toda a margem barrenta estava plantada com arvorezinhas novas.

– A vista não é má! – disse Kovaliov, quando a charrete passava a vau para a outra margem. – A casa está sobre um morro, e ao sopé do morro, um rio! É bonito pra diabo! Só que sabes, Vierotchka, a escada não presta... Estraga a vista toda, de tão rústica... Se comprarmos esta propriedade, instalaremos sem falta uma escada de ferro fundido...

Viêrotchka também gostou da vista. Rindo alto e requebrando-se com todo o corpo, ela subiu a escada correndo, o marido ao encalço, e ambos, descabelados, arquejantes, entraram no bosque. O primeiro que lhes veio ao encontro perto da casa senhorial foi um mujique* sonolento, hirsuto e taciturno. Estava sentado junto ao degrau da entrada, engraxando uma botinha de criança.

– O senhor Mikháilov está em casa? – dirigiu-se Kovaliov ao homem. – Vai e diz a ele que chegaram compradores para inspecionar a propriedade.

O mujique olhou para os Kovaliov com espanto obtuso e arrastou-se lentamente, não para dentro da casa, mas para a cozinha, que ficava ao lado da casa. Imediatamente surgiram fisionomias nas janelas da cozinha, cada qual mais sonolenta e espantada que a outra.

– Chegaram compradores! – ouviu-se um sussurro. – Seja feita a vontade de Deus, estão vendendo Mikhálkovo! Olhem só, como são jovenzinhos!

Um cachorro começou a latir e ouviu-se um uivo raivoso, parecido com o som que emitem os gatos quando se lhes pisa no rabo. A inquietação do pessoal logo se transmitiu às galinhas, aos gansos e às peruas, que passeavam pacificamente pelas alamedas. Logo surgiu da cozinha

* Mujique – Camponês. (N.T.)

um sujeito com fisionomia de lacaio; ele apertou os olhos para os Kovaliov e, enfiando o casaco a caminho, correu para dentro da casa. Toda essa agitação parecia cômica aos Kovaliov, e eles mal conseguiam conter o riso.

– Que caras curiosas! – dizia Kovaliov, entreolhando-se com a mulher. – Eles nos examinam como se fôssemos selvagens.

Finalmente, saiu da casa um homenzinho miúdo, com um rosto escanhoado de velho e cabelos arrepiados... Cumprimentou, arrastando as sapatilhas rotas, bordadas a ouro, deu um sorriso azedo e fitou seu olhar imóvel nos visitantes não convidados...

– Senhor Mikháilov? – começou Kovaliov, soerguendo o chapéu. – Tenho a honra de cumprimentá-lo... Minha mulher e eu lemos o anúncio do Banco Rural sobre a venda da sua propriedade e viemos agora para conhecê-la. Talvez a compremos... Tenha a bondade de mostrá-la para nós.

Mikháilov deu outro sorriso azedo, ficou embaraçado e começou a piscar os olhos. Na sua confusão, arrepiou ainda mais o penteado, e no seu rosto escanhoado surgiu uma expressão tão atrapalhada e envergonhada, que Kovaliov e a sua Viêrotchka entreolharam-se e não puderam evitar um sorriso.

– Muito prazer – balbuciou ele. – Às suas ordens... Os senhores vieram de longe?

– De Konkov... Lá nós moramos numa datcha.*

– Numa casa de campo... Veja só... Que coisa estranha! Sejam bem-vindos, entrem por favor! Mas nós acabamos de nos levantar e, desculpem, não estamos em ordem de todo.

Mikháilov, sorrindo azedo e esfregando as mãos, conduziu os visitantes para o outro lado da casa. Kovaliov pôs os óculos e, com o jeito de um turista-conhecedor que

---

* Datcha – Casa de campo. (N.T.)

examina coisas notáveis, começou a inspecionar a propriedade. Primeiro ele viu uma grande casa de pedra, de arquitetura antiga e pesada, com escudos de armas, leões e estuque descascado. O telhado havia muito que não era pintado, as vidraças tinham reflexos de arco-íris, entre as fendas dos degraus crescia grama. Tudo era envelhecido, descurado, mas de modo geral a casa agradou. Tinha um aspecto poético, modesto e acolhedor, como uma velha tia solteirona. Diante dela, a poucos passos da entrada principal, brilhava uma lagoa, na qual nadavam dois patos e flutuava um barco de brinquedo. Em volta da lagoa cresciam bétulas, todas da mesma altura e da mesma grossura.

– Ah, e há também uma lagoa! – disse Kovaliov, apertando os olhos contra o sol. – Isto é bonito. Existem carácios aí dentro?

– Sim... Antes havia carpas também, mas depois, quando deixaram de drenar a lagoa, as carpas morreram todas.

– Fizeram mal – disse Kovaliov em tom de mentor. – Uma lagoa tem de ser limpa o mais frequentemente possível, tanto mais que a lama e a vegetação aquática servem de excelente adubo para os campos. Sabes duma coisa, Viera? Quando comprarmos esta propriedade, vamos construir na lagoa um caramanchão sobre estacas e uma pontezinha levando até ele. Eu vi um caramanchão desses na propriedade do conde Afrontov.

– Tomar chá sob um caramanchão... – suspirou Viêrotchka docemente.

– Pois é... E ali, que torre é aquela com agulha?

– É a ala dos hóspedes – respondeu Mikháilov.

– É meio sem jeito, espetada assim. Vamos derrubá-la. Em geral, será preciso derrubar muita coisa por aqui. Muita mesmo!

Súbito ouviu-se, claro e distinto, um choro de mulher. Os Kovaliov olharam para trás, para a casa, mas no mesmo momento uma das janelas fechou-se com força, e por trás das vidraças irisadas brilharam por um instante dois grandes olhos chorosos. Quem chorava, ao que parece, envergonhou-se do seu pranto e, batendo a janela, escondeu-se atrás da cortina.

– Não desejam ver o jardim e as construções? – começou a falar Mikháilov, depressa, contraindo o seu rosto, já por si enrugado, num sorriso azedo. – Vamos... O principal de fato não é a casa, mas... mas o resto...

Os Kovaliov foram examinar as cavalariças e os galpões. O bacharel entrou em cada um dos armazéns, inspecionava, cheirava e se pavoneava com seus conhecimentos de agronomia. Perguntou quantas "diessiatinas"* tinha a propriedade, quantas cabeças de gado, censurou a Rússia pela derrubada das florestas, reprovou Mikháilov por deixar perder-se muito estrume etc. Ele falava e a toda hora lançava olhares para a sua Viêrotchka, enquanto esta não tirava os olhos amorosos dele o tempo todo e pensava: "Como ele é inteligente!".

Durante a inspeção dos currais, novamente ouviu-se o choro.

– Ouça, quem é que está chorando ali? – perguntou Viêrotchka.

Mikháilov fez um gesto desanimado e virou-se para o lado.

– É estranho – balbuciou Viêrotchka, quando os soluços se transformaram num pranto histérico interminável. – É como se estivessem espancando alguém, ou esfaqueando.

– É a minha mulher, coitada... – articulou Mikháilov.

– E por que ela chora assim?

– É uma mulher fraca! Não pode ver venderem o seu próprio ninho.

– Então por que o vende? – perguntou Viêrotchka.

---

* Diessiatina – Medida agrária russa antiga: 1,09ha. (N.T.)

– Não somos nós que vendemos, senhora, é o banco...

– Que estranho, por que então o permitem?

Mikháilov lançou um olhar admirado de soslaio para Viêrotchka e encolheu os ombros.

– É preciso pagar os juros – disse ele. – Dois mil e cem rublos por ano! E onde arranjá-los? Dá para chorar, mesmo contra a vontade. As mulheres, já se sabe, são gente fraca. Ela tem pena do seu próprio ninho, e das crianças, e de mim... E tem vergonha diante dos criados... O senhor houve por bem, ainda há pouco, lá na lagoa, dizer que é preciso derrubar isto, construir aquilo, mas para ela isto é como uma punhalada no coração.

Passando pela casa na volta, a Kovaliova viu nas janelas um ginasiano de cabeça raspada e duas meninas – os filhos de Mikháilov. O que pensavam as crianças, olhando para os compradores? Viêrotchka decerto compreendia seus pensamentos... Quando ela subia para a charrete para a viagem de volta para casa, para ela já haviam perdido qualquer encanto, tanto a manhã refrescante como os sonhos sobre o recanto poético.

– Como tudo isso é desagradável! – disse ela ao marido. – Na verdade, seria o caso de dar-lhes dois mil e cem rublos! Que fiquem morando na sua propriedade!

– Como és esperta! – riu-se Kovaliov. – Claro que eles dão pena, mas a culpa é deles mesmos. Quem os mandou hipotecar a propriedade? Por que a deixaram tão descurada? De fato, nem se deve ter dó deles. Se explorassem esta propriedade inteligentemente, introduzissem uma economia racional... tratassem da pecuária etc., poderiam viver aqui perfeitamente... Mas eles, os relapsos, não fizeram coisa alguma... Ele decerto é um beberrão e um jogador de carteado – viste o focinho dele? – e ela é uma janota gastadeira. Bem conheço esses gansos!

– E de onde os conheces, Stiópa?

– Conheço! Ele se queixa de que não tem como pagar os juros. E como é que é possível, eu não entendo, não encontrar dois mil rublos? Se introduzisse uma economia racional... adubasse a terra e se ocupasse da pecuária... e, em geral, quando a pessoa se ajusta às condições climáticas e econômicas, dá para viver com uma só diessiatina!

Stiópa tagarelou até chegar em casa, e a mulher o escutava e acreditava em cada uma das suas palavras, mas o seu estado de espírito anterior não voltou. O sorriso azedo de Mikháilov e os dois olhos chorosos vistos de relance não lhe saíam da cabeça.

Quando mais tarde o felizardo Stiópa viajou por duas vezes para o leilão e comprou Mikhálkovo com o dote dela, ela sentiu uma tristeza insuportável... Sua imaginação não parava de desenhar como Mikháilov sobe no carro com a família e, chorando, deixa o ninho há tanto aquecido. E quanto mais sombria e sentimental se manifestava a sua imaginação, tanto mais se pavoneava Stiópa. Ele perorava com a mais encarniçada autoridade sobre a economia racional, mandava vir um mundo de livros e revistas, zombava de Mikháilov e, por fim, os seus devaneios agropecuários se transformaram na mais atrevida, mais desavergonhada gabolice.

– Tu ainda verás! – dizia ele. – Eu não sou um Mikháilov, eu mostrarei como é que se fazem as coisas! Sim!

Quando os Kovaliov se mudaram para o esvaziado Mikhálkovo, a primeira coisa que entrou pelos olhos de Viêrotchka foram os sinais deixados pelos antigos moradores: um plano de aulas, escrito por mão de criança, uma boneca sem cabeça, um melharuco que veio voando, esperando alimento, uma inscrição na parede: "Natasha é boba" etc.

Era preciso pintar, colar e quebrar muita coisa a fim de esquecer a desgraça alheia.

# História desagradável

— Tu, cocheiro, tens o coração untado de pixe. Tu, irmão, nunca estiveste apaixonado, e por isso não podes compreender a minha psique. Não pode esta chuva apagar o incêndio da minha alma, assim como é impossível a uma brigada de bombeiros apagar o sol. Com os diabos, como eu me expresso poeticamente! Mas tu, cocheiro, não és poeta, és?

– Não, senhor.

– Então aí está, estás vendo...

Jirkov apalpou, finalmente, no bolso o seu porta-notas e começou a pagar a corrida.

– Nós combinamos, amigo, por um rublo e um quarto. Receba os honorários. Aqui tens um rublo, aqui três gríveniks*. E cinco de gorjeta. Adeus, e lembre-se de mim. Aliás, antes, pegue este cesto e ponha sobre o degrau. E com cuidado, neste cesto está um vestido de baile da mulher que eu amo mais que a própria vida.

O cocheiro suspirou e desceu da boleia, de má vontade. Equilibrando-se no escuro e chapinhando na lama, carregou o cesto até a porta de entrada e deixou-o sobre o degrau da soleira.

– Eeee, tempinho! – resmungou ele reprovadoramente e, pigarreando com um suspiro, emitindo pelo nariz um som de soluço, encarapitou-se na boleia, de má vontade.

Estalou os lábios, e a sua eguinha pôs-se a chapinhar na lama, insegura.

– Parece que tenho comigo tudo o que é necessário – ponderava Jirkov, apalpando o batente à procura da

* Designação antiga de moeda divisionária. (N.T.)

campainha. – Nádia pediu que eu passasse pela modista e pegasse o vestido – está aqui. "Eu te saúdo, asilo santo..." – cantarolou ele. – Mas com os diabos, onde está a campainha?

Jirkov encontrava-se no estado de espírito benevolente de um homem que jantou há pouco tempo, bebeu bem e sabe perfeitamente que amanhã não precisa acordar cedo. Em acréscimo, após uma viagem de uma hora e meia desde a cidade, pela lama e debaixo de chuva, aguardavam-no o calor e uma mulher jovem... É agradável ficar entanguido e molhado, quando se sabe que logo, logo se estará aquecido.

Jirkov agarrou no escuro o pingente da campainha e puxou duas vezes. Atrás da porta, ouviram-se passos.

– É o senhor, Dimítri Grigóritch? – perguntou um sussurro feminino.

– Sou eu, encantadora Duniácha! – respondeu Jirkov. – Abra depressa, senão fico molhado até os ossos.

– Ai, meu Deus! – sussurrou alvoroçada Duniácha abrindo a porta. – Não fale tão alto e não bata os pés. Pois o patrão voltou de Paris! Voltou hoje à tardinha!

À palavra "patrão", Jirkov recuou um passo da porta, e por um instante viu-se dominado por um medo pusilânime, bem de garoto, que às vezes é experimentado até por homens muito corajosos, quando inopinadamente se veem diante do inesperado de um encontro com o marido.

"Que história!", pensou ele, atentando aos grandes cuidados com que Duniácha trancava a porta e voltava pelo corredorzinho. "Mas o que é isto? Isto significa meia-volta volver! *Merci*, por esta eu não esperava!"

E tudo lhe pareceu de repente engraçado e alegre. Sua viagem para ir ter com "ela", da cidade para a casa de campo, na escuridão da noite e sob chuva torrencial, pareceu-lhe uma aventura divertida, e agora, quando ele tropeça no marido, essa aventura começa a parecer-lhe ainda mais curiosa.

– Que história mais interessante, por Deus! – disse ele consigo mesmo em voz alta. – Onde eu vou me meter agora? Voltar para a cidade?

Chovia, e o vento forte fazia farfalhar as árvores, mas no escuro não dava para ver nem a chuva nem as árvores. Como que dando risadinhas e caçoando maliciosamente, a água murmurava nas sarjetas e nos encanamentos. O degrau sobre o qual se encontrava Jirkov não tinha toldo, de modo que ele começou a ficar molhado de verdade.

"E ele haveria de chegar justamente com um tempo desses!", pensava ele, rindo. "O diabo que carregue todos os maridos!"

O seu romance com Nadiêjda Óssipovna começara um mês atrás, mas ele ainda não conhecia o marido. Ele só sabia que o seu marido era francês de nascença, de sobrenome Boiseau, e que trabalhava como caixeiro-viajante. A julgar pela fotografia que Jirkov havia visto, ele era um burguês de uns quarenta anos, bigodudo, de carantonha franco-soldadesca, e um aspecto que dava vontade de puxá-lo pelos bigodes e pela barbicha à la *Napoleón* e perguntar:

"Então, que há de novo, senhor sargento?"

Patinhando na lama líquida e tropeçando, Jirkov afastou-se um pouco para o lado e gritou:

– Cocheiro! Cocheeei-ro!!!

Não houve resposta.

– Nem voz e nem suspiro – resmungou Jirkov, voltando às apalpadelas para o degrau. – Despachei o meu cocheiro, e aqui nem de dia se encontram cocheiros. Mas que situação! Terei de esperar pela manhã! E o diabo, o cesto vai ficar molhado e o vestido ficará emporcalhado. Custou duzentos rublos... Que situação!

Pensando onde se esconder da chuva, com o cesto,

Jirkov lembrou-se de que, na beira do povoado de veraneio, junto ao círculo de dança, havia um coreto para os músicos.

– E se eu for para o coreto? – perguntou-se ele. – É uma ideia! Mas será que eu consigo carregar a cesta até lá? É desajeitada, a maldita... O queijo e o ramalhete que vão para o diabo.

Ele soergueu a cesta, mas logo lembrou-se de que, até chegar ao coreto, o interior da cesta terá tempo de ficar encharcado cinco vezes.

– Sim senhor, que problema! – riu-se ele. – Papai do céu, a água me entrou pelos colarinhos! Brrrr!... Estou encharcado, entanguido, bêbado, não há cocheiro... só falta o marido pular para a rua e dar-me uma surra de bengala. Mas, afinal de contas, o que fazer? Não é possível ficar parado aqui até amanhecer, e também o vestido vai para o diabo... Já. Toco mais uma vez, entrego as coisas a Duniácha, e eu mesmo vou para o coreto.

Jirkov tocou a campainha com cuidado. Um minuto depois, ouviram-se passos atrás da porta e brilhou uma luz através do buraco da fechadura.

– Quem é? – perguntou uma voz masculina roufenha e de sotaque não-russo.

"Papai do céu, deve ser o marido", pensou Jirkov. "Preciso inventar uma mentira qualquer..."

– Escute – perguntou ele –, esta é a dátcha de Zliútchkin?

– O diabo te carregue, não tem Zliútchkin nenhuma aqui. Vai parra a demônio, com a tua Zliútchkin!

Jirkov, não se sabe por que, ficou encabulado, pigarreou com ar de culpa e afastou-se do degrau. Pisando numa poça e enchendo a galocha, ele cuspiu com raiva, mas logo recomeçou a rir. A sua aventura estava ficando mais e mais curiosa de minuto em minuto. Ele imaginava, com um prazer especial, como amanhã iria descrever aos companheiros, e à própria Nádia, a sua aventura, como arremedaria a voz do marido e o ranger das galochas... Os amigos decerto rebentariam de tanto rir.

"Só uma coisa é besta, o vestido vai ficar empapado!", pensava ele. "Não fosse esse vestido, há muito que eu já estaria dormindo no coreto."

Sentou-se sobre a cesta, para protegê-la da chuva com o corpo, mas da sua roupa e do chapéu encharcado escorreu mais água que do próprio céu.

– Tu, o diabo que te carregue!

Depois de ficar uma hora na chuva, Jirkov lembrou-se da sua saúde.

"Desse jeito, pode-se até apanhar uma febre", pensou ele. "Situação esquisita! E se eu tocar de novo? Hein? Palavra que vou tocar... Se o marido abrir, invento uma mentira qualquer e entrego-lhe o vestido... Não posso ficar parado aqui até amanhã! Ei, o que será, será! Toca!"

Com ímpeto juvenil, mostrando a língua à escuridão e à porta, Jirkov puxou a campainha. Passou-se um momento em silêncio. Ele puxou mais uma vez.

– Quem está aí? – perguntou a voz irritada com o sotaque.

– Aí mora Madame Buazô? – perguntou Jirkov respeitosamente.

– He-ein? Que diabo está querrendo?

– A modista madame Katiche mandou o vestido da senhora Buazô. Desculpe a hora tardia. Acontece que a senhora Buazô pediu para entregar o vestido o mais cedo possível... antes de amanhecer... Eu saí da cidade à noitinha, mas... o tempo está horroroso... quase que eu não chego... Eu não...

Jirkov não terminou, porque a porta abriu-se e diante dele, na soleira, à luz trêmula da lâmpada, surgiu *monsieur* Boiseau, igualzinho à fotografia, de carantonha de soldado e longos bigodes; só que na fotografia ele estava todo um janota, mas agora se apresentava só de camisola.

– Eu não queria incomodá-lo – continuou Jirkov –, mas madame Buazô pediu para mandar o vestido o mais cedo possível. Sou irmão de madame Katiche e... e ainda por cima o tempo está horrível.

– Está em ordem – disse Boiseau, movendo as sobrancelhas, taciturno e recebendo a cesta. – Agrradesça o seu irmã. Minha mulherr esperrou pela vestido até uma horra hoje. Um monsieur qualquerr prrometeu trrazê-lo.

– Tenha também a bondade de entregar o queijo e o ramalhete que a sua esposa esqueceu em casa de madame Katiche.

Boiseau recebeu o queijo e o ramalhete, cheirou um e outro e, sem fechar a porta, permaneceu em atitude de expectativa. Ele olhava para Jirkov, e Jirkov olhava para ele. Transcorreu um minuto em silêncio. Jirkov lembrou-se dos amigos aos quais amanhã iria contar a sua aventura e ficou com vontade, para completar a pilhéria, de armar alguma brincadeira mais engraçada. Mas a brincadeira não lhe vinha à cabeça, e o francês estava lá parado, esperando que ele fosse embora.

– Tempo horroroso! – balbuciou Jirkov. – Está tudo escuro, enlameado e molhado. Estou todo encharcado.

– Sim, monsieur, o senhorr está toda encharrcado.

– E ainda por cima, o meu cocheiro foi-se embora. Não sei onde me meter. O senhor seria muito gentil se me permitisse ficar aqui no vestíbulo até a chuva passar.

– Hein? Bien, monsieur. Tirre os galochas e venha aqui. Não faz mal, isto pode.

O francês trancou a porta e introduziu Jirkov na pequena e bem conhecida sala. Na sala estava tudo como antes, só que na mesa estava uma garrafa de vinho tinto e sobre umas cadeiras, arrumadas em fila no meio da sala, havia um pequeno colchão estreito e fininho.

– Está frrrio – disse Boiseau, colocando a lâmpada sobre a mesa. – Eu só voltei de Parris ontem. Em toda parrte está tempo bom quente, só aqui na Rrússia faz frrio e este mosti... mosquê... les cousins, os malditos, morrdendo.

Boiseau encheu meio copo de vinho, fez uma cara muito enfezada e bebeu tudo.

– Não dorrmi o noite inteirra – disse ele, sentando-se no colchonete. – Les cousins e um besta qualquerr só fica tocando querrendo falarr com um Zliútchkin.

E o francês calou-se e abaixou a cabeça, decerto à espera que a chuva passasse. Jirkov achou que era seu dever de cortesia conversar com ele.

– Quer dizer que o senhor esteve em Paris numa época muito interessante – disse ele. – Boulanger apresentou-se durante a sua estada.

Mais adiante, Jirkov falou de Grèvi, Derulède, Zola, e pôde constatar que esses nomes o francês ouvia pela primeira vez. Em Paris ele só conhecia algumas firmas comerciais, e a sua *tante**, Mme. Blesser, e mais ninguém. A conversa sobre política e literatura terminou com Boiseau fazendo de novo uma cara enfezada, bebendo vinho e esparramando-se inteiro sobre o colchonete fininho.

"Ora, os direitos desse esposo, ao que parece, não são dos mais amplos", pensava Jirkov. "Que espécie de colchão é esse?"

O francês fechou os olhos. Depois de permanecer deitado e quieto por um quarto de hora, levantou-se de um salto e, como quem não está entendendo nada, fixou o visitante com seus estuporados olhos de chumbo, depois fez uma cara enfezada e bebeu vinho.

– Malditos mosticos – resmungou ele e, esfregando um áspero pé no outro, entrou no quarto contíguo.

Jirkov ouviu como ele acordava alguém e dizia:

– *Il y a là un monsieur roux, qui t'a apporté une robe.***

---

* "Tia". Em francês no original. (N.E.)

** "Está aí um senhor ruivo que te trouxe um vestido". Em francês no original. (N.E.)

Logo ele voltou e novamente atacou a garrafa.

– O meu esposa já vai sairrr – disse ele, bocejando. – Eu deve entenderr que senhorr prrecisa dinheirro?

"De hora em hora, não melhora", pensava Jirkov. "Curiosíssimo! Logo vai aparecer Nadiêjda Óssipovna. Claro que vou fingir que não a conheço."

Ouviu-se o farfalhar de saias, a porta abriu-se de leve, e Jirkov viu a conhecida cabecinha cacheada, de olhos e faces dormidos.

– Quem veio da madame Katiche? – perguntou Nadiêjda Óssipovna, mas imediatamente, reconhecendo Jirkov, deu um gritinho, começou a rir e entrou na sala. – Então é você? – perguntou ela. – Mas que comédia é esta? E de onde você veio, tão sujo?

Jirkov enrubesceu, fez uns olhos severos e, positivamente, sem saber como comportar-se, olhou de soslaio para Boiseau.

– Ah, já compreendi! – adivinhou a patroa. – Você decerto assustou-se com o Jacques? Esqueci de avisar Duniácha... Vocês se conhecem? Este é o meu marido, Jacques, e este é Stepán Andrêitch... Trouxe o vestido? Pois *merci,* amigo... Então, vamos senão eu fico com sono. E você, Jacques, durma... – disse ela ao marido. – Você está cansado da viagem.

Jacques olhou espantado para Jirkov, encolheu os ombros e, de cara enfezada, dirigiu-se para a garrafa. Jirkov também deu de ombros e foi atrás de Nadiêjda Óssipovna.

Ele olhava para o céu turvo, para a estrada enlameada e pensava:

"Sujeira! E para onde o diabo pode arrastar um homem educado!"

E então pôs-se a pensar no que é moral e no que é imoral, o que é limpo e o que é sujo. Como muitas vezes acontece com pessoas que vão parar num mau lugar, Jirkov lembrou-se com saudade do seu gabinete de trabalho com os papéis sobre a mesa e sentiu vontade de voltar para casa.

Atravessou silenciosamente a sala, passando pelo adormecido Jacques.

Todo o caminho de volta ele passou em silêncio, procurando não pensar em Jacques, que não se sabe por que insistia em meter-se-lhe na cabeça, e já não puxava conversa com o cocheiro. Na sua alma, sentia o mesmo mal-estar que no estômago.

# Um homem extraordinário

Passa de meia-noite. Diante da porta da Mária Pietróvna Kóchkina, parteira-solteirona, para um senhor alto, de cartola e redingote de capuz. Na escuridão outonal não se pode distinguir nem o rosto nem as mãos, mas já na maneira de pigarrear e de puxar a campainha percebe-se seriedade, positividade e uma certa autoridade. Após o terceiro toque, a porta se abre e aparece a própria Mária Pietróvna. Por cima da saia branca, ela jogou um casaco masculino. A pequena lâmpada de abajur verde que ela tem nas mãos tinge de verde o seu rosto sardento, amarrotado de sono, o pescoço venoso e os cabelinhos ralos e aloirados que lhe escapam de sob a touca.

– Posso falar com a parteira? – pergunta o cavalheiro.

– Sou eu mesma a parteira. O que deseja?

O cavalheiro entra no vestíbulo, e Mária Pietróvna vê à sua frente um homem alto e bem-proporcionado, já não jovem mas de rosto bonito e severo e suíças felpudas.

– Sou o assessor colegiado Kiriákov – diz ele. – Vim procurá-la para a minha mulher. Mas o mais depressa possível, por favor.

– Está bem... – concorda a parteira. – Já vou me vestir, enquanto o senhor tem a bondade de me esperar na sala.

Kiriákov tira o redingote e entra na sala. A luz verde da lâmpada cai fracamente sobre a mobília barata coberta de forros brancos remendados, sobre as pobres flores, os batentes pelos quais sobem heras... Há um odor de gerânio e fenol. Um reloginho de parede tiquetaqueia timidamente, como que embaraçado diante do homem estranho.

– Estou pronta, senhor! – diz Mária Pietróvna, entrando na sala uns cinco minutos mais tarde, já vestida, lavada e desperta. – Vamos indo?

– Sim, é preciso ir logo... – diz Kiriákov. – A propósito, uma pergunta necessária: quanto a senhora cobrará pelos seus serviços?

– Realmente, não sei... – sorri Mária Pietróvna, encabulada. – Quanto o senhor me der...

– Não, dessas coisas eu não gosto – diz Kiriákov, fitando a parteira com um olhar frio e imóvel. – Não preciso do que é seu, nem a senhora precisa do que é meu. Para evitar mal-entendidos, será mais sensato que combinemos antes.

– Mas, realmente, eu não sei... Não há um preço fixo.

– Eu mesmo trabalho e costumo dar valor ao trabalho alheio. Não gosto de injustiças. Para mim será igualmente desagradável se eu lhe pagar a menos ou se me cobrar a mais, e por isso insisto em que a senhora me diga o seu preço.

– Mas se existem preços diferentes!

– Hum!... Em vista das suas hesitações, que me são incompreensíveis, devo eu mesmo fixar o preço. Posso dar-lhe dois rublos.

– O que é isso, por favor... – diz Mária Pietróvna, recuando. – Eu fico até sem jeito... Para aceitar dois rublos, então já é melhor fazer de graça. Se quiser, por cinco rublos...

– Dois rublos, nem mais um copeque. Não preciso do que é seu, tampouco estou disposto a pagar em excesso.

– Como quiser, senhor. Mas por dois rublos eu não irei...

– Mas por lei a senhora não tem o direito de recusar.

– Pois não, eu irei de graça.

– De graça eu não quero. Todo trabalho tem de ser recompensado. Eu mesmo trabalho e compreendo...

– Por dois rublos eu não vou, senhor... – declara Mária Pietróvna mansamente. – Se quiser, de graça...

– Neste caso lamento muito tê-la incomodado inutilmente... Tenho a honra de me despedir.

– Como o senhor é, realmente... – diz a parteira, acompanhando Kiriákov até o vestíbulo. – Se faz tanta questão, pois não, eu irei por três rublos.

Kiriákov franze o cenho e pensa por dois minutos inteiros, olhando concentradamente para o chão, depois diz um "não!" resoluto e sai para a rua. A perplexa e constrangida parteira tranca a porta atrás dele e volta para o seu dormitório.

"É bonito, imponente, mas como é esquisito, por Deus...", pensa ela, deitando-se.

Mas não passa nem meia hora, quando a campainha torna a soar; ela se levanta e vê no vestíbulo o mesmo Kiriákov.

– Estranha desorganização! – diz ele. – Nem na farmácia, nem os policiais, nem os caseiros, ninguém conhece endereços de parteiras, e desta forma eu me vejo colocado diante da necessidade de concordar com as suas condições. Eu lhe darei os três rublos, mas... advirto-a de que ao contratar empregados e ao fazer uso de qualquer tipo de serviço eu combino de antemão que no ato do pagamento não haja conversas sobre acréscimos, gorjetas etc. Cada um deve receber o seu.

Mária Pietróvna escuta Kiríakov faz pouco tempo, mas sente que já está farta dele, que ele lhe é repulsivo, que o seu discurso plano e comedido deita-se como um peso sobre a sua alma. Ela se veste e sai com ele para a rua. O ar está silencioso, mas tão frio e enfarruscado que mal se podem ver até mesmo as luzes dos postes de iluminação. Debaixo dos pés a lama soluça. A parteira fixa os olhos, mas não vê carruagem...

– Não deve ser longe? – pergunta ela.

– Não é longe – responde Kiriákov, taciturno.

Eles passam por uma travessa, outra, a terceira... Kiriákov marcha, e até no seu andar mostra-se a positividade e a autoridade.

– Que tempo horroroso! – puxa conversa a parteira.

Mas ele se cala solidamente e visivelmente procura pisar nas pedras lisas, para não estragar as galochas. Finalmente, após longa caminhada, a parteira entra no vestíbulo; dali vê-se uma grande sala, decentemente arrumada. Nos quartos, até mesmo no dormitório onde está deitada a parturiente, nem vivalma... Parentes e velhotas, que pululam em qualquer recinto de parto, aqui estão ausentes. Agita-se como uma condenada apenas uma cozinheira de cara obtusa e assustada. Ouvem-se gemidos altos.

Passam-se três horas. Mária Pietróvna está ao lado da cama da parturiente, cochichando alguma coisa. As duas mulheres já tiveram tempo de travarem conhecimento, de se reconhecerem, de tagarelarem, suspirarem...

– A senhora não pode falar! – preocupa-se a parteira, mas ela mesma não para de despejar perguntas.

Mas eis que se abre a porta e, quieto, ponderado, entra no quarto o próprio Kiriákov. Senta-se numa cadeira e alisa as suíças. Faz-se um silêncio... Mária Pietróvna lança olhares tímidos para o seu rosto bonito mas inexpressivo como madeira e espera que ele comece a falar. Mas ele permanece obstinadamente calado, pensando em alguma coisa. A espera é inútil, e a parteira decide ela mesma começar a conversa e pronuncia uma frase que geralmente se diz durante os partos:

– Pois é, graças a Deus, há um ser humano a mais no mundo!

– Sim, é agradável – diz Kiriákov, conservando a expressão de madeira do rosto –, se bem que, por outro lado, para se ter filhos supérfluos, é preciso possuir dinheiro supérfluo. Uma criança não nasce alimentada e vestida.

No rosto da parturiente surge uma expressão culpada, como se ela tivesse posto no mundo um ser vivo sem permissão ou por puro capricho. Kiriákov levanta-se com um suspiro e sai ponderadamente.

– Mas como ele é com a senhora, por Deus... – diz a parteira à parturiente. – Tão severo e não sorri.

A parturiente conta que ele, o marido, é sempre assim... honesto, justo, ponderado, sensatamente econômico, mas tudo isso em dimensões tão extraordinárias, que os simples mortais sentem-se sufocados. Os parentes afastaram-se dele, os criados não param mais do que um mês, conhecidos não há, a mulher e os filhos estão sempre tensos de medo com cada um dos seus passos. Ele não bate, não grita, tem muito mais virtudes que defeitos, mas quando ele sai de casa, todos se sentem mais leves e saudáveis. Por que razão isto é assim a própria parturiente não é capaz de compreender.

– É preciso limpar bem as bacias e guardá-las na despensa – diz Kiriákov, tornando a entrar no dormitório. – Estes vidros também é preciso guardá-los, podem vir a ser úteis.

O que ele diz é muito simples e comezinho, mas a parteira sente um estranho mal-estar. Ela começa a ter medo desse homem e estremece toda vez que ouve os seus passos. De manhã, preparando-se para partir, ela vê na sala de jantar o filho pequeno de Kiriákov, um ginasiano pálido de cabeça raspada, tomando chá... De pé, diante dele, está Kiriákov e fala com a sua voz pausada e igual:

– Você sabe comer, pois saiba também trabalhar. Agora mesmo você deu um gole, mas não pensou, decerto, que esse gole custa dinheiro, e o dinheiro se consegue trabalhando. Pois coma e pense...

A parteira olha para o rosto sem expressão do menino e parece-lhe que até o ar está pesado, que mais um pouco e as paredes ruirão, não suportando a presença opressiva do homem extraordinário. Fora de si de medo e já sentindo um forte ódio por esse homem, Mária Pietróvna apanha suas trouxinhas e sai apressadamente.

No meio do caminho, lembra-se de que esqueceu de receber os seus três rublos, mas, depois de parar e pensar um pouco, faz um gesto de desistência com a mão e continua a caminhar.

IMPRESSÃO:

PALLOTTI
GRÁFICA

Santa Maria - RS | Fone: (55) 3220.4500
*www.graficapallotti.com.br*